ロゴスと巻貝

小津夜景

anonima st.

なしのつぶてが
朝のテーブルに届いた日
巻貝は
ロゴスの沖へと窓をひらいた
霧を編み
泡を舐め
巻貝は云った
架空の島も昏れてゆきます
どんなに光の帆が鳴ってもです

目次

デザイン　脇田あすか
装　画　杉本さなえ
校　正　東京出版サービスセンター
編　集　景山卓也（アノニマ・スタジオ）

ロゴスと巻貝

読書というもの

本当にたくさんの本を読んでいますねと言われるたび世間を騙《だま》しているようでひどくうしろめたい。というのもわたしはこれっぽっちも読書家じゃないのである。そもそも本が好きなのかどうかがまずもって怪しい。実際はっきりと本を憎んでいた時期もあるし、もしかしたらいまも嫌いなのかもしれないとしょっちゅう思う。

なぜ本が嫌いなのかというと、読みたくても思うように読めなかった期間が長かったからだ。子どものころは体が弱くて、大人になってからはお金がなくて、わたしは読書の機会をたびたび逃してきた。それで罪のない本に向かって卑屈にも「嫌いだ」と八つ当たりしていたわけである。

振り返れば幼いころは本との仲は悪くなかった。ほとんど寝て過ごしていた自分を外に連れ出してくれもすれば、具体性に富んだ日常の一片を、架空ながら紡いでくれもする、そんな頼もしい相棒だった。ただひとつやっかいなのが、読みすぎると熱が出てしまうこと。そうすると母に「もうやめなさい」と叱られる。親に隠れて読むにはどうすればいいのだろう。わたしは知恵を絞った。そしてたどりついたのが暗記するという方法である。たとえ読書を禁じられても、ほんのちょっとした隙に数行をぱっと盗み読むことならできる。あとはすやすや眠っているふりをして、盗んだ言葉を頭のなかで読み直せばいい。

そうやって溜め込んだささやかな断片が、かけがえのないおのれの財産であることに気づくのは、二十七歳でフランスに渡ってからのことだった。日本にいれば、たとえお金がなくても古本屋や図書館がある。それが外国だとどうにもならない。旅人が持ち運べる荷物の量はたかがしれている。まるごと運べる財産はただひとつ。記憶だけだ。

結局、最初の十年あまり、わたしは新しい日本語の本を一冊も読まない日々を送った。そしてそのあいだは都会の雑踏にまぎれて、田舎のひなびた食堂で、流木の打ち上がる砂浜で、断片につぐ断片、わけても詩歌を思い浮かべては、くりかえし頭のなかで朗読していた。どこにいても気分ひとつで暗誦が始まる。それ自体は悪くない。なにしろ吟遊詩人ばりに歌い暮らしているわけだから。でもときおり、たとえば夕映えの海を見つめたりしていると、ふっと堪えがたい辛さがこみあげる。そして失われゆく水平線に目を細めつつ、こんなふうにつぶやく自分に気がついて、われながらびっくりするのだ。

「ああ。本が遠い。遠いなあ。まさかこんなふうになるなんて思わなかった。このまわたしは死ぬまで新しい本と縁のない人生を送っていくんだ——」

ここでだしぬけに話はとんで、現在の状況はというと、いまあなたの読んでいる本を書くためにそこそこの量の本の頁をめくっている。体もまあ丈夫になった、少なくともさっきの夕映えの海のくだりが恥ずかしくてたまらないくらいには。そう、つまりもうなにも問題はないわけだ。なのにがまんにがまんを重ねてきた時間が長すぎたせいで、本を読むことのよろこびはいまもってわからない。わたしにとって読書とは、さまざまな苦痛の変遷と分かちがたく結びついてしまっている。

もっともそれを不幸だと考えたことは一度もない。というか、もともと自分には幸福や不幸について考える習慣がない。わたしは風とそう変わらないんだ。濡れている日もあれば乾いている日もある。しょっぱい日もあれば甘ったるい日もあった。消毒液の匂いの日やパンの匂いの日だって。喧騒に身を浸していた日も、心臓の音ばかりを聞いていた日も。緑色の日。茜色の日。いろんな日が過ぎ去ったけれど、いつだって同じように自分だった。

ともあれ。

本当は愛してると笑って言えるはずだったのに、そしていまからだってそうなれるかもしれないのに、いざ頁をひらくと思うように読めなかったころの悲しみや怒りがこみあげて涙があふれる読書というもの。そんな読書について、ある日「これまであなたはどんな本をどんなふうに読んできたのですか」と問いかけられ、一冊の本を書くことになった。心配である。とりつくろわず、正直なきもちを書けるだろうか。いや、だろうか、ではない。書くだろう。だってわたしは本に救われたことがあるのだから。これまでの半生の、決して多いとはいえない宝物が本との出会いなのだから。

ただしいわゆる読書遍歴は語らないし愛読書にも触れない。折々の転換点や思い入れに光をあてて全体を織り上げると人生が物語性を帯びてしまうから。同じ理由から良書リストを編む気もない。日々のどうってことない瞬間を拾いながら、その場でひらめいた本を添えていくつもりだ。

世の中には、ふだん本を手にする機会のない、あるいはまだ手にしたことのない大勢のひとがいる。かくいうわたしも本を読むことからたびたびはぐれ、いつそれっきりになってもおかしくなかった。そんな自分が「これが誰かの、もしかするとたった一冊の本になるかもしれない」と思いながら鉛筆を手に取るとき、好きとか嫌いとかいった瑣末な感情になんの意味があるだろう?　どうだっていい。そんなことは。いまわたしが抱いているのは、これまで自分の心を照らしてくれたさまざまな本への感謝と、自分もまた誰かの胸に灯りをともせたらというだいそれた願いだ。

書物

この世のどんな書物も
きみに幸せをもたらしてはくれない。
だが　それはきみにひそかに

きみ自身に立ち返ることを教えてくれる。
そこには　きみが必要とするすべてがある。
太陽も　星も　月も。
なぜなら　きみが尋ねた光は
きみ自身の中に宿っているのだから。

きみがずっと探し求めた叡智は
いろいろな書物の中で
今　どの頁からも輝いている。
なぜなら　今それはきみのものだから。

（ヘルマン・ヘッセ『ヘッセの読書術』岡田朝雄訳、草思社）

それは音楽から始まった

作家をはじめとした、いわゆる読書家たちの綴る「本にまつわる思い出」を読むたびに驚かされるのは、彼らの読字記憶がたいてい絵本から始まっていることだ。わたしには絵本の記憶がない。ひとりで読んでいる場面も、大人に読んでもらっている場面も。そんなはずはないだろうと真剣になってもだめである。わたしは五歳までに三度引っ越し、さらに三度の転園をしたため、いわゆる原風景のイメージが多彩で、ふとよみがえる思い出がいったいいつの出来事なのか、家の間取りや近所の景色から年単位で特定できる。それで五歳までの人生をゆっくり総ざらいしてみたのだけれど、絵本を読んでいる記憶はひとつも見当たらなかった。

そのかわり、おぼろげによみがえるのが楽譜をさわっている光景だ。よくながめていたのは全音楽譜出版社から出ていた『全訳バイエルピアノ教則本』で、頁全体をひとつの模様として楽しんだり、色鉛筆を握りしめ、五線譜にちらばる記号のなかから高貴な香りのラや、物思いに沈むミのフラット、華やかなソのシャープなどを見つけ出しては丸で囲んだりしていた。スーパーマリオを目で追うみたいに、おたまじゃくしが前に進み、走り、跳ね、飛び、ときにふりだしに戻ってはゴールを目指すようすを目で追ったりすることも、あった。音符は言葉ではない。でも小さな子にもわかる物語を紡ぐ。音の上がり下がり、強弱、緩急、くりかえし。そんな要素を組み合わせていくと、嬉しい感じや悲しい感じができあがる。

また同じく音楽がらみで、ライナーノーツや歌詞カードを読んでいたのを憶えている。無断でさわることが許されていた大人のレコードのなかにベートーヴェンやショパンのピアノ曲集があり、そのライナーノーツをぼろぼろになるまで持ち歩いていた。のちに年の離れた弟が生まれ、まだひらがなもろくに知らないころの彼が「伝説」や「勇者」や「城」といった漢字を拾い読みしているのを目撃して「小さい子ってこういう順番で字をおぼえるんだ！」と目を丸くしたものだけれど、なんてことはない、わたしもまったく同じように「月光」とか「革命」といった文字を読んでいたわけである。

ベートーヴェンは日本コロムビア・ダイアモンド1000シリーズという千円盤レコードで、弾いていたのはリシャール・バクスト。ショパンは東芝音工の赤盤で、サンソン・フランソワが弾いていた。サンソン・フランソワは酒に酔ったデカダンが夜風に吹かれているかのようなジャズ濃度の高い芸風で、赤い音盤がよく似合う。日本ではまったく聴かれなくなってしまったけれど、あるときケルンの中心街からさほど遠くない裏通りを歩いていて、中古専門のクラシック・レコード店に入ってみたら、実家にあったその赤盤がレジの正面に飾られていて、おっとのけぞったことがある。どうしてここに日本盤のレコードがあるのですか。わたしは店の主人にたずねた。すると主人はサンソン・フランソワがパリで活躍していたころの逸話を織り交ぜつつ、東芝音工盤は高音質なプレスが多いうんぬんと、うわべは言葉少なにみえる上品な物腰で長舌をふるった。

それから歌詞カード。こちらはテレビアニメで放映された「アルプスの少女ハイジ」の挿入歌である。親がレコードを買ってくれたのか、それともいただきものなのかはわからないけれど、時系列で語るならば、いまのところこれが、わたしが文字を読んでいる最古の記憶にあたる。三歳だった。

こずえは　そっとゆれていて
夕陽は　山をそめていて
だれかが　口笛ならしてる
おいで　子山羊
もう　かえろうよ
あの　みどりのもみの下へ

一日の終わりが厳かな時間であること。こずえが無言を湛えていること。もみが人間を庇護する精霊であること。夕陽が空を染め上げ、夜のとばりと化したあとも、山の面影が胸に残ること。そうした残像が日に日にふりつもり、記憶の年輪がかたちをなしていくこと。言葉は楽譜よりも余白が大きく、多くの解釈がわたしにゆだねられていた。それはまた、言葉のほうが構造が弱く、意味が言外へとそれやすく、迷子になりやすいということでもあった。

この歌詞を書いたのは、詩人の岸田衿子である。岸田の詩は絵描きの詩だ。アトリエと、画用紙と、2B鉛筆の柔らかな匂いがする。

忘れた秋　I

忘れるのは
山へ行く道が消えて
同じ道を戻るとき

おぼえているのは
道しるべのうしろから雲が湧き
時計の針が秋を思い出させるとき

迷うのは
その山道のまわりがうす紫の花で囲まれ

向うへと向うへと人を歩ませるとき
そしてきめるのは
口笛が二つになり　四つになり
やがて一人になって帰ってくるとき

（岸田衿子『だれもいそがない村』教育出版センター）

見失ったりよみがえったり、そんな日々の波にさらされ、ゆっくりと相貌が移ろい、過去はいつしか夢のようになる。その夢が、ひっそりと、夢になれなかった膨大な時間にとりかこまれている。なにが夢として残るかはぐうぜんが決める。どんな夢もありえたし、どんなはじまりもありえた。

過去がまぶしいのは、それが風化する運命にあるからだ。そして思い出に胸が熱くなるのは、いくたびもの忘却をくぐりぬけ、いまなおそこに残っていることが奇跡よりほかのなにものでもないからだ。

握りしめたてのひらには

母の話によれば、わたしは一歳十ヶ月で、壁の五十音表をじっと見つめて「き」だの「いぬ」だの、文字を読みはじめたそうだ。

書き言葉への反応が早かったのとはうらはらに、話し言葉の発達は遅く、三歳になろうという時期になっても、二語文を話さなかった。誰に話しかけるにも一語しか発しない。母に水を要求するのにも「おぶ」としか言わないため、母はわたしを言葉の教室に連れていった。

そのころから現在に至るまで、わたしは一貫して無口である。喋る体力がないというのも大きいけれど、ほかにも理由があった。頭のなかに、ひっきりなしになにかが刻まれている感触があり、それが邪魔をして、喋ろうにも口がうごかないのだ。刻まれているのはこんがらがった蜘蛛の巣のようなもので、目で見ることも、耳で聞くこともできない。とはいえ自分ではちゃんとわかっていた。その落書きは言葉にならない思いがうごめいた跡なのだと。

わたしが四歳まで暮らした家では、八畳の居間の鴨居に、両親が結婚祝いにいただいたという扁額《へんがく》が掛かっていた。横幅は、たしか四尺五寸ほどだったと思う。漆黒の額に萌黄《もえぎ》の紙が敷かれ、その上に貼られた和紙に墨でなにかの模様が描かれていた。長椅子でくつろぐ母の膝に乗ると、いつもより視線が高くなって扁額がよく見える。模様は雨だったり、蛇だったり、縄だったりと、その日の気分に応じてさまざまなものに変わった。

ある日のことである。いつものように母の膝に座り、なんとはなしに扁額をながめていると、とつぜん、そこに描かれた模様が雨でも蛇でも縄でもなく、自分の頭のなかの落書きと同じものに見えた。と同時に、その模様が文字になろうとしてなれない文字なのではないかとひらめいた。

母に抱かれたまま、斜め上を指差して、わたしはたずねた。

「あれ、字?」

「そうよ」

「なんて書いてるの」

「さあ。おかあさんには読めないの」

「……」

「あれはね、おとうさんの詩を、おとうさんのおともだちが書にしてくれたのよ」

「しって？」

「詩は詩よ。詩としか言いようのないもの」

詩とは読めない文字で書かれた、詩としか言いようのないもの。わたしは母の言葉をそのまま理解した。

西洋では古くから、言葉においては声（パロール）こそ意識のオリジナルであり文（エクリチュール）はそのレプリカであると考えられてきた。いうなれば声は生花、文は造花というわけである。でもほんとにそうなのだろうか。言いたいという衝動はあれど、頭がつっかえて声にならない、そんなもどかしい状態というのは大人でもよくある。そしてそんな状態のとき、ひとは心という紙の上に、ああでもないこうでもないと落書きをしている。記号の分化をうながす未踏のリフ。概念が固まろうとするヴァイブレーション。そういった、発音することができない意識の粒立ちを、ごしごしとこすりつけている。少なくともわたしは喃語《なんご》の出口をうろついているころからそれを続けてきた。そしてとうとう十七歳のとき、自分に落書きをうながす源泉の正体を割り出した。

それは鼓動だった。

鼓動とは、とめどなく胸に打ち込まれる斧である。意識は、その斧の、いわば木霊《こだま》として原初のゆらめきをなす。意識は肉体の蠢動《しゅんどう》との掛け合いに始まる。生きているかぎり、意識が肉体に返答しないという選択肢はない。肉体の外に出て意識をもつことが、わたしたちには許されていない。

ところで「文」という象形文字は、文身（肌を傷つけ種々の文様を残す習俗）に由来している。具体的には死者の復活を願って∨や×や他の記号を胸に刻む、そのことを文と呼んだ。誕生、成人などの儀礼としても、肉体を聖化するため、まじないとして文身がなされたという。

文字事始　文字のことを、古くは文《ぶん》〔文〕といった。文字という語は、『史記』の「始皇本紀」に至ってはじめてみえる。春秋期のことをしるした『春秋左氏伝』に、生まれた子に名づけるとき、掌の手文をみて名を定めた話が数例みえ、「生まるるに及んで、文その手にある有りて、友といふ。遂に以てこれに名づく」（閔公二年）のようにいう。友は又（手）をならべて、相たすける意の字である。

文は『説文』に「錯《まぢは》れる畫なり。交文に象る」とあり、線の交錯して文様をなすものとする。×形が文様の基本形式とされたのである。交文とは、文の下部の×形をなすをいう。（中略）卜文、金文には、文の字形が極めて多い。その基本形は、大と比較して知られるように、人の立つ正面形である。ただ胸の部分が特に大きくしるされており、そこに∨形・×形・心字形、あるいはそれらの変化形を加えている。それは明らかに胸に加えられている文様であり、文身である。すなわち文の字形は胸部に施されている文身を示し、字の初義も文身の意である。

（白川静『漢字の世界1』平凡社）

海洋文化圏の諸族には、文身の風習が広く行きわたっている。中国や日本も例外ではなく、古代の資料をひもとくと、その風習がいたるところに記されている。産〔産〕は生まれた子の厂（額の意）に文身を入れる儀式のことで、今日でもお宮参りの際に赤ちゃんのおでこに「×」「犬」といった文字を書く習慣が残っている。男が成人したときの姿を表す彥〔彦〕というのも文身。そのほか、文を字形とするものとしては顏〔顔〕がそうだし、凶や匈や胸や爽や爾といった字は胸部の文身を表している。このように文とは肉体に刻まれたしるしの意味から、文様や文字の意味へと発展し、いつしか中国の文化の理念を象徴する文字となっていった。

手相が誕生のときに握りしめてきた原初としての傷であること。その傷から運命を読み解いて、生まれたての命に名をあたえること。こんな息をのむエクリチュール譚があるだろうか。誰しも自分だけの痕跡をそっくりそのまま生き直している。信じられないというのなら、その手をひらいてみればいい。

あなたまかせ選書術

本の選び方というのは、行き当たりばったりのひともいれば、枕と同じくらいこだわるひともいる。こだわり派は、ついついジャンルが偏るとか、贔屓《ひいき》の作家しか読まないとか、持ち運びしやすい文庫本にかぎるとか、図書館一択とか、とにかく分厚いとありがたいとか、なにか独自のルールがあるにちがいない。

かくいうわたしにも、ごくゆるやかで、ちょっと風変わりなルールが、ついさいきんまであった。

ひとつは「手に入るものでしのぐ」。これは主としてネットのデジタルアーカイヴで公開されている本を読むという意味だ。ただ困るのは、あそこには本があるようでないってこと。そう。ないのである。ほんとに。あるのはおしなべて古典か、資料的価値の観点からみれば興味深いといった類《たぐい》の本ばかり。そんなものを読んだとて、難しすぎてほとんどなにが書いてあるのかわからないのだけれど、あがいたところで異国の片田舎に住んでいる以上どうしようもない。素直に現状を受け入れ、このなかにだって素人にもわかるすごい一行があるかもしれないわ、と豪気に腹をくくることが肝心だ。飢えをしのげそうなものならなんでもかじってみる。無人島でのサバイバルみたいに。そうするとたまに味のする本が見つかる。そうしたらしめたもので、わたしの場合『蜀山人《しょくさんじん》全集』などが、理解できたかどうかはさておき、とりあえず最初から最後まで頁をめくることに成功した本だ。

もうひとつのルールは「じっくり選ばない」。これは自分の好みで本を厳選しようとすると、読みたくても読めなかったころの辛い記憶がよみがえり、心の傷がひらいて体が震え出すからで、よそみしながら手をのばしたらたまたまこれだった、くらいの感覚で本とつきあうのが精神衛生上まことによろしいのである。趣味にこだわらず、状況にさからわず、なにかのついでにって調子で一冊の本をひらく。誰かが薦めてくれた本を読むというのも悪くない。

若いころの自分はこの「あなたまかせ選書術」にあずかる機会がやたらと多く、学校の廊下を歩いていると、わらわらと大人が寄ってきて、ぎゅっとむりやり現物を握らせるといった勢いで本を手渡されていた。ピークは中学生のころ。朝礼中、よその学年の教師が教室の外で待ちかまえていて、廊下に出るなり本を手渡されるなんてこともあった。そうやって数学の教師が『ポー詩集』とミヒャエル・エンデ『鏡の中の鏡』をくれ、国語の教師がハーバート・リード『芸術の意味』、イザベラ・バード『日本奥地紀行』、エーリッヒ・フロム『愛するということ』、益田勝実『火山列島の思想』をくれ、英語の教師がイタロ・カルヴィーノ『まっぷたつの子爵』『冬の夜ひとりの旅人が』をくれた。貸してもらった本をふくめると数えきれない。なかでもよく憶えているのが、美術の教師が貸してくれた中原佑介『ブランクーシ』と、主治医が持ってきた文化人類学者カルロス・カスタネダによるドン・ファン関連の本。このひとはすごい本読みで、読み終わった本をいろいろ貸してくれた。

でも、全部が全部いいことばかりではない。化学の教師が中村天風をまとめて十冊も貸そうとしてきたときは、いや、それは違うだろう、とたじろいだ。中村天風が悪いというのではない。そうではなく、それを押しつけてくる教師の目的がわたしを啓蒙することにあるのが丸わかりだったのだ。しかも非売品だから読んだら返せという。

なんでそんなことしなきゃなんないの。重いのに。迷惑すぎる。あと忘れられないのが中三の夏休み、担任が入院先の病室にあらわれ、見舞い品としてくれた集英社コバルト文庫で、タイトルは失念してしまったけれど、主人公の女の子が七人の青年と同時につきあってしまうという頭に毒の回ったストーリーだった。いったいなんでそんな本をくれたのか。

とはいうものの「こんなの、自分じゃ絶対買わない」という本との出会いこそ「あなたまかせ選書術」の真骨頂《しんこっちょう》であることは疑いない。その最たるものはなんだったのかしらと腕組みして天井を仰いでいたら、思い出した。すごいのを。大学生のころに自治会BOXで回し読みした中国武術漫画の金字塔『拳児《けんじ》』だ。原作は中国武術の実践研究家にしてそのパイオニア松田隆智で、作画は藤原芳秀。週刊少年サンデーの連載が終了したのは三十年も前になるけれど、二〇一七年『月刊秘伝』誌上の読者投稿企画「第1回最強マンガ大賞」で一位に輝き、二〇二一年にも「『拳児』ワールド現代考」という特集が組まれているから、その筋ではいまだ現役の漫画なのではないかと思う。

主人公の剛拳児はわんぱく盛りの小学生。祖父から八極拳を教わっていたが、あるときその祖父が、日中戦争時代に恩を受けた知人を訪ねるために中国へ渡り、そのまま消息不明となってしまう。時が経ち、高校生になった拳児は祖父を探し出す決意を固め、台湾を経由して、単身で中国大陸へ冒険の旅に出る。そして、祖父の行方を追うさなか、いろんな武道の達人たちと出会って、彼らから教えを受けながら壮絶な闘いに挑み、技と心を磨いていく、というのが物語の骨子である。

この漫画の魅力はひとことで説明できる。それはすぐに武術を始めたくなるところだ。理屈をこねくりまわしている暇などない。とにかくその道を究めずにはいられなくなる。実際これがきっかけで武術を始めて指導者にまでなったひとは数知れず、わたしも読み終わったときには完全に頭がどうかなっていて、おっとり刀で近所の教室に駆け込んだ。で、指導者になるような器ではなかったものの、そこからかれこれ二十五年余、いまでも続けている。そしてひとから「わたしも武術をやってみたいんですが」と相談されたときは、かならずこの漫画を伝道する。のちになんの因果か俳句を書くようになり、最初の句集を『フラワーズ・カンフー』というタイトルにしたのも「あなたまかせ読書術」のたまものだ。

ちなみにこのタイトルは、女子高生のカンフーライフを妄想写生した本書所収の一

連作から採っている。カンフーライフってなんやねんと首をかしげる方のためにすこしだけ紹介すると、

キューティクル煌《きら》めき龍の如くなり
阿修羅似のむくろや修羅の恋ごころ
返り血咲く講堂の戸や誰《た》が触れむ
ぬつ殺しあつて死合はせ委員会
仁★義★礼★智★信★厳★勇★怪鳥音
朱に染まる臍《ほぞ》に残花をふらせよう
濡れてゐる槍かしこにや春の月

といった調子の朗詠集。かくのごとき生態なのだ、わが脳内の女子高生って。

風が吹けば、ひとたまりもない

わたしの本の選び方は、そのときの自分の生活事情によって決まっていて、あこがれやこだわりとはほとんど関係がない。

それと同じように、読み方についてもあこがれやこだわりに関係なく、状況がこうだから読み方もこうなってしまう、というふうに、そのつど定まっている。

本を読むのに必要なのは、そのための諸条件をととのえることである。なかでも難しいのが時間と空間の確保だ。本に生かされている自覚のあるひとは、読めない状況に追い込まれても、まあしょうがないか、などといっていられない。活字の供給停止は死に直結する。

自分は子どものころから読書を禁じられることが多く、大人になってからも女性であるという事情とからんで、それを地下活動的な営みとしてきた。いや性別によらないか。ひとがなにかに没頭するのを疎んじる勢力というのは、いつどこにでもひそんでいる。

そうした勢力に抵抗するには、ちょっとしたコツがある。それは、なに食わぬ顔を崩さないことだ。傷ついている猶予はない。まずは平然と、挫折を飼いならそう。そしてまわりの目を盗み、対策を練る。いつどこで読むか、どんなかっこうで読むか、一回の平均時間、ペース、頁数、本をどう扱うか。現在のわたしの本の読み方は、こうした問題を解決する方向で整備されていった。

いつどこで読むか。これについては、なにかのついで、が圧倒的に多い。歯を磨きながら。バスやトラムの席で。うごく歩道の上。病院や空港の待ち時間。パスタが茹で上がるまで。休憩や入眠のお供として。わざわざ本を読む時間をつくったりはしない。短時間しか集中できないので、まとまった時間に読もうと画策したところでうまくいかないのは目に見えている。

どんなかっこうで読むか。わたしは耳栓をして読む。ついでにいえば書くときも、ものを考えるときも、寝るときも耳栓をしている。愛用品はQuiesのウレタン製、遮音値35デシベルの、その辺の薬局に売っている商品だ。とくに女性は、環境音や周囲の機嫌に瞬時に反応するといった、あたりさわりなく言えば奉仕的、あけすけに言えば隷属的精神を内面化していることが多いので、物音や声に心をかき乱されず、まわりの不機嫌に怯えず、数分でも集中したい、そのためにひとりになりたい、と思うならば耳栓は不可欠である。そんなものをはめたら周囲に対する反抗の意にとられかねない、それが怖いという場合は髪で耳を隠そう。そうすれば他人に気取《けど》られることなく、あなただけの秘密の部屋を確保できるから。

読む時間は一回につき一分から十分くらい。状況次第でそのまま読みつづけることもあるし、自分が集中していないことに気づいたらその時点ですぐに本をとじる。そして違う作業にとりかかることもあれば別の本をひらくこともある。頁数はまちまち。一段落なんてこともめずらしくない。おのれをいつわらず、買いかぶらず、ありのままを見つめれば、一段落の読書でも得るものはたっぷりある。

本をどう扱うか。日本にいたころは、稀少本や装幀の気に入っている本以外は、カバーを捨てて丸裸にしていた。本を綺麗《きれい》に保とうという意識があると、そのぶん読むことへの集中がそがれるからだ。頁をひきちぎるのも平気。二、三枚ポケットに忍ばせておけば、赤信号のときなどに、メモを確認しているかのようなしぐさで盗み読むことができる。

本棚の、ばらばらになった頁の束《たば》を見ると、アイザック・ディネーセン『アフリカの日々』に登場するカマンテという少年の姿が頭に浮かぶ。この本は一九一四年にケニアに渡った著者が、ンゴング丘陵のふもとで広大なコーヒー農園の女主人として孤立奮闘した十八年間の日々を綴った回想録で、高貴で透明感のある自然の描写が素晴らしいことで知られるが、作中、料理人として雇われている少年カマンテが、いつか一冊の本を書くことを夢見ている著者に対し、意を決してこんなことをいうシーンがある。

一息おいてカマンテは言った。

「ムサブ、ほんとに本が書けると思ってる?」

自分でもわからないのだと、私は答えた。

カマンテとの会話を十分に理解するためには、彼が口をひらく前に置く、その発言のもつ責任の重さを測っているかのような、意味深い長い沈黙の中味を想像することが必要である。土地の人たちはだれでもこの間合いをおくわざに長じている。間合いには、対話の視野をひろげる働きがある。

カマンテはこのときとても長い間をおいた。それから、やおらこう言った。

「ムサブにはできないと思う。」

自分の本について相談する相手はだれもいなかった。私は紙を置いてカマンテにたずねた。「どうしてできないと思うの?」カマンテがこの話しあいをあらかじめ考え抜いてきているのはいまやあきらかだった。彼には準備があった。カマンテのいる場所の後の書棚に『オデッセイ』があった。それを取りだして、カマンテはテーブルの上に置いた。

「見て、ムサブ。これはいい本だ。はしからはしまで、全部つながっている。持ちあげてきつく振ったって、バラバラにはならない。この本を書いた人はとても賢い。ムサブの書くものは——」と言いさして、カマンテは今度は軽蔑とやさしい同情のまじった調子でつづけた。

「あっちこっちバラバラだ。だれかが戸を閉め忘れると風で吹きとばされて、床にちらばって、ムサブは腹をたてる。いい本になるわけない。」

（アイザック・ディネーセン『アフリカの日々』横山貞子訳、晶文社）

このやりとりのあとディネーセンは、西洋には、ばらばらの頁をきちんと綴《と》じて一冊の本に仕上げる職人がちゃんといるのだと言って、カマンテを安心させる。少年カマンテは、わたしの本棚を見たら、絶対に「これじゃあだめだよ、ちゃんと製本してもらいなよ」というに違いない。

そうなったら、どう答えたらいいものか。

たしかに綴じた本は素敵だ。綴じた本は、嵐にも負けない。でもこまぎれの時間にこっそり本を読もうと思ったら、ばらばらのほうが便利なの。好きとか嫌いとかじゃなくてね。風が吹けばひとたまりもない無数の頁を、かろうじて結んでいる糸。それはこのわたしという存在。それで十分なのよ。

ラプソディ・イン・ユメハカレノヲ

にわかに信じがたいことではあるが、わたしがいまの夫との結婚にふみきった理由を数えてみたら、なんと九個もあった。

そのひとつが、病気のとき、枕元で本を読んでくれるひとだったことだ。

軽い文章をごまかし程度に、などといった読み方ではない。あるときは入り組んだ韻文を、またあるときは途方もない長編を、まるでシェヘラザードみたいに夜な夜な読み聞かせてくれるのである。この方法で、わたしはゲーテの『ファウスト』を皮切りに、古今東西の小説、随筆、筆録を楽しみ、しまいには岩波文庫で十巻にわたる『水滸伝』や『西遊記』までを読破、いや聴破してしまった。たいへんに驚くべきことである。だが結婚後、ぱったりと読んでくれなくなったのにはそれ以上に驚かされた。まさか詐欺《さぎ》だったとは。

幼いころも、わたしを布団に縛りつけておくために、母が枕もとで本を読みきかせてくれた。たとえ病気であっても、ちょっと楽になるとすぐに子どもは起きようとするから、読まないわけにはいかなかったのだろう。とはいえ児童文学はわりと分厚い。二百頁くらいの本はざらにある。来る日も来る日も読み聞かせることに母はうんざりしたのか、ある日わたしにこう言った。

「おかあさん、口が痛くなっちゃった。今日はこれでいい？」

そして読み出したのが忘れもしない、小松左京のショートショート傑作選『一生に一度の月』だったのだけれど、いま思い返しても、いったいどんな心境で選んだのかが謎である。小松の作品というのは紛うかたなき大人向け、星新一のような寓話性は良くも悪くも皆無といっていい。この表題作にしたって、アポロ月面着陸のテレビ中継を見るために豊田有恒邸に集まった平井和正、星新一、小松左京が、月面着陸まで間がもたなくなって麻雀を始めてしまう。で、ずっと小松がぼろ負けしていたのが、海底《ハイテイ》で老月をツモり、ピンズの九蓮宝燈でまさかの逆転、よろこんでいたら月面着陸を見逃してしまったというしょうもない小噺《こばなし》で、なにはともあれ月面にいる宇宙飛行士に敬意を表して、海の底から拾いあげた老月を空に向かって投げました、という流れ。

しかし、私は地球の裏側の月にむかって、そして、その月の上に、ついさっきおりたったはずの、あったこともない二人の男にむかって語りかけた。――おめでとう！　とうとう成功したんだね。君たちのすごい歴史的壮挙を、同世代人として見まもるつもりでいながら、意思薄弱で、ぐずのおれは、とうとう見そこねちまった。君たちが暗黒の天空の彼方で、巨大な、ほんものの月にふれた時、おれは小さな畳をしいた部屋の中で、海の底の老いた月をつかんで夢中になっていた。だが、いいじゃないか。君たちとおれ、同世代人として――そりゃおれの方がはるかにうす汚なくみみっちいし、生命の危険もないが――あの瞬間、同じように、一生に一度の感激の中で「月」をにぎったのだ。

（小松左京「一生に一度の月」『小松左京短編集　大森望セレクション』所収、KADOKAWA）

小学校低学年の女児には口が曲がるほど渋い。だがなにくわぬ顔で読み終えた母は、この作品のどこがいいのかを説明し、あらためて冒頭に返ると、残りの短篇を順に読み上げては、そのあらましを解き明かしていった。そして意外だったのは、わたしがこの本をすっかり気に入ってしまったことだ。いまとなってはその理由は明らかで、ひとえに「大人の話を立ち聞きする快感」につきる。この出会いがもたらした「わかる本より、わからない本のほうが格段に面白い」といった実感は、その後のわたしの本とのつきあいかたを完全に規定した。

こうしてわたしは大人の本をほんのすこしずつ読み出した。はじめに手を出したのはショートショートＳＦである。当時のＳＦは若年層向けの作品が豊かで、読むべきものはいくらでも転がっていた。ジョルジョ・デ・キリコに「通りの神秘と憂愁」という絵があるけれど、あれが当時のわたしがとらえていたＳＦなるものの雰囲気である。不穏で、乾いていて、孤独。たとえ日常の物語というナチュラルメイクがほどこされていようとも、化けの皮がちょっと崩れると、たちまち仮面の下のショッキングな素顔があらわになる。まるで生の奥に死があるように。骸骨の上を粧《よそ》ひて花見哉《かな》。と、これは「東の芭蕉、西の鬼貫」でおなじみの上島鬼貫《うえじまおにつら》の俳諧。そういえばこの句、ソムトウ・スチャリトクル『スターシップと俳句』では一休宗純まがいの、おどろおどろしい味わいになっていたっけ。

ガイコツノ　見よ！　骸骨どもだ
ウエヲヨソーテ　祝日の晴着をきて
ハナミカナ　花を眺めているぞ

（ソムトウ・スチャリトクル『スターシップと俳句』冬川亘訳、早川書房）

ソムトウ・スチャリトクルはタイ生まれの作家、作曲家、指揮者で、タイ王家の血筋を引くらしい。小説の舞台は人類滅亡が確定した地球。日本人は芸術的な自殺をすることに夢中で、命はただそのための道具であるかのような観念が横行していた。それがある日、日本人は自分たちが実はクジラの子孫だということに気づき、これまでクジラに対しておこなってきた「先祖殺し」を大いに恥じる。で、どうしたかというと、ますます華やかな自殺にふけるようになったというのだから笑うしかない。かくして巷はラプソディ・イン・ハラキリ状態。しかしそこでただひとり、クジラと交感した少女だけが死の衝動にあらがい——ここまでにしておこう。最後にひとつ、たまらなくノマディックな俳句を引くにとどめて。

タビニヤミテ　　病の旅の途上——
ユメハカレノヲ　　枯れはてた野原の向こうへ——
カケメグル　　夢はなおも走っていく！

（同前）

この「夢」の奇怪な魅力に、どれほど心が癒やされたかしれない。ベッドに縛られた日常において、物語のなかの死はどれもわたしの身代わり、健康と幸福を祈願するための賑やかな供物だった。

速読の風景

ふわふわとした弱足でもって、はじめて全速力で走り抜けた記念すべき長編は、佐藤さとる『だれも知らない小さな国』だった。

小二で、土曜の昼に、町の図書館で借りた。

家に帰って、本をひらいてみた。最初の数頁を読んで、なんだかふだん読んでいる本と違う感じがした。字面が賢そうで、描写も抜かりなく、気配りが行き届いている。そしてコロボックルたちの秘密を知り、彼らの住む小山を守るために奔走する主人公が、清らかで気高いのだった。

引き込まれ、日中ぶっ通しで読んだ。晩ごはんのあとも一心不乱に読んだ。けれどもなかなか終わりが見えてこない。その夜は諦めて蒲団にもぐるしかなかった。

翌朝、五時に目をさましたわたしは、はっとして本をつかんだ。で、そこから残りを一気にやっつける勢いで、ふたたび真っ向から物語に挑んだ。窓のそとでは朝陽がどんどんのぼっていく。その勢いに負けないように、走って、走って、小山が守られることを祈りつつゴールに向かった。みごと読み切ったときの、すがすがしい朝の光はいまも忘れられない。たったひとりで長い物語を駆け抜けて、自分がとても大きなことを成し遂げた気がして、こんなきもちになれる本ってすごい、もしかしたらこれが文学というものなのかな、と想像した。文学という概念はすでに知っていたけれど、それをはじめて体験した気分だった。

そんなふうに、あのころは、息が切れるまで活字を追いかけていた。あまりにも夢中になっているから、いきなり最後の頁に、どん、とぶつかって、心の準備なく虚構から現実へとほうりだされてしまうなんてこともしょっちゅうだった。現実への着地に失敗すると、いつまでも木の枝にぶらんとひっかかったような状態で、ドアにぶつかったり、ごはんをこぼしたり、あらぬことを口走ったり、ふいになみだがあふれたり、なにごともうわのそらになる。意識って、浮くのはかんたんだけど、降りるのが難しい。

読んでいると、加速が極まったところで体がふっと浮く。速読でしか味わえないあの無重力状態がたまらなく好きなひとは少なくないだろう。

アメリカの小説家のウィリアム・ギャス、このひとが大変な速読家だ。高校時代は仲間と速読のチームをつくってよその高校の速読チームとたたかい、けっこう無敵を誇っていた。それを自慢した傑作なエッセイを読んだことがある。本の善し悪しは重量で決まり、厚い本がいい本だったという。

かれによると、速読は軽快なサイクリングで、「肌にふきつける風はさわやかで心地よく」「文字の群れは豊かな葉っぱの群れ」で、「ページは牧場」なんだそうだ。新しいパラグラフの入口にくると、ざっとその牧場を見渡して、目印となるものを探し、さっとそれを拾って、驀進する。イメージにいちいち感心したり、文章の意味をひとつひとつ探したりしていたら、スピードが落ちるから、そういうことはしない。要点を伝える目的だけをつかまえて、とにかく走る。と、まもなく、頭上にふわふわと雲の浮かんでくるのが、雲の影で分かる。それが「意味」なんだそうだ。しかし、雲を見上げてはいけない。ああ、意味が浮かんでいる、とおもいつつ、ペダルをこぎつづける。

（青山南『眺めたり触ったり』早川書房）

なんていいこと言うんだ。とくに「と、まもなく、頭上にふわふわと雲の浮かんでくるのが、雲の影でわかる。それが『意味』なんだそうだ」のくだり。わたしも、知識も経験もとぼしかったころの読書はものすごく速読だった。なぜってそれが、わからない本をわかったような気がするところまで無理やりもっていく秘訣だからだ。文章というのは音楽だから、テンポをはずさす筆勢に乗ったほうが文意をつかまえやすい。初手から音符をひとつずつじっくり観察していたらメロディーが聞こえてこないのと一緒で、流れを止めれば意味の輪郭は壊れてしまう。文章の自然は運動のなかに存在する。リズムのなかでこそ、それはいきもののようにふるまう。あのころ、わたしは作品の意味を理解するより先にそのリズムに共鳴していた。それはまるで医療行為のようだった。読書における癒やしのひとつはこの身体性、共鳴による自己のマッサージにあると思う。

さわやかな休日の朝、テラスに出て、梢に賑わうさえずりに全身を洗われながら、空を見上げて深呼吸していると、手足の感覚が過去と未来の両方へとのびるように広がってくる――忘れないようにしよう。意味にこだわる大人の読書もいいけれど、意味なんて気にせず、ただその影ばかりが心に流れていく感覚の読書も最高だってことを。むしろやすやすと意味に安住することのなかったあのころこそ、言葉をあるがままに受け止めていたってことを。弱足でかまわない。駆け出せば、加速がひらめきをみちびくだろう。ひらめいたら、それをちょっと演奏してみる。読書は心のなかに音楽を奏でることなんだ。

――なにも急ぐことはない。きみの前方に広がっているページは、きみが望むならいつまでも、きみの前方に広がっているから、心配するな。なんだかよく分からないところがあっても、くよくよするな。分からなくて、ぜんぜんかまわないのだから。ここんところはなんだか深い意味がありそうだが、ちくしょう、分からない、なんて苛立つな。そんなこと、分からなくても、まるでかまわないのだから。とにかく、この本の器量のよさを、ウィットを、アイロニーを、博覧強記ぶりを、官能的な体の作り、を楽しめ。それがこの本を理解するということだ。何年もいっしょに暮らし、さんざんいろんな話を聞かされてきた、きみの夫、あるいは妻を、きみはそうやって理解してきたのではなかったか。おなじことだよ。

（同前）

右は、ギャスが彼自身とよく似た名前の作家ウィリアム・ギャディスの小説『認識』に寄せた序文だ。楽天主義に裏打ちされた、ほとんど啓示的なエールである。たしかにそうだと思う。意味などわからないままに愛し、長い時間をともに過ごす。わたしもそうやって本を読んできた。

図書館を始める

小学生時代、図書館で一番わくわくしたのは、本を借りる手続きである。裏表紙をひらき、見返しの左側に糊づけされたブックポケットから貸出カードを取り出す。そのカードに名前を書き込んで、貸出カウンターに提示する。それを司書が受け取り、貸出日と返却日を記入して、カウンターの内側にある木製のカードボックスにしまうと、あらためて本の裏表紙をひらき、見返しの右側に糊づけされた返却期限スタンプ用紙に、回転式の日付印で返却日を捺《お》してくれる。

この、本が手渡されるまでの一連の儀式に、なんともいえず胸が高鳴る。デパートのカウンターで品物を包装してもらうときの、あの充実した緊張感とでも言えばいいのだろうか。でも小学生には、ひとりでなにかしらの手続きをおこなうチャンスなどめったに訪れない。それが堪能できる数少ない機会こそ図書カウンターでのやりとりなのだった。包装については、ときどきサンリオショップでかわいらしい紙袋を買って、母と一緒に焼いたクッキーなどを袋づめする「ごっこ遊び」をやっていたが、そういった楽しみを本でも味わいたくてしょうがなかった。

そんなある日、自分の本を図書館風に改造することを思いついた。わたしの蔵書は八十センチ幅の本棚で三段分あったが、努力と工夫しだいでなんとかできそうな気がした。

まずは本の背表紙に分類記号を書いたラベルを貼るところからスタートである。もちろん十進分類法など知るよしもなく、父からもらったラベルに、著者名の最初の字をカタカナで書いた。つぎに蔵書印。これも持っていなかったから、父の書類作成用のゴム印セットから、それらしき雰囲気のスタンプと朱のスタンプ台を拝借し、臆することなく本扉に捺した。裏表紙の見返しのブックポケットは、事務用の茶封筒を半分に切って貼った。貸出カードは自由帳を切りそろえて用意した。これで準備万端、あとは誰かに借りてもらうだけだ。で、友達が遊びにくるたび、「ねえ、本借りる?」と声をかけ、ささやかな私設図書館の運営を楽しんでいた。

そのうち欲が出て、もっと大規模な貸し出し業務をしたくなってきた。とはいえ本がない。どうしたらたくさんの本を集められるだろう。そんな思案の末、小四になるとクラスの図書係に立候補し、

「読まなくなった漫画を持ち寄って学級文庫をつくり、一回につき二冊まで借りられるようにしよう」

と帰りの会で提案してみた。するとみんな大賛成で、あっというまに各家庭から漫画が集まった。たしか二百三十八冊だったと記憶している。しかも一冊もかぶっていなかった。おたがいに声をかけあい、建設的に協力しあったのである。教室の本棚はそれほど大きくなかったものの、幸い集まったのはどれもコミック版で、各棚を前後二列に使いこなせばどうにか収納できた。レーベルについては、男子が持参したのはジャンプコミックスと少年チャンピオンコミックスとが半々くらい。女子はりぼんコミックスが圧倒的に多かった。わたしは仲間の図書係と協力して、図書カードをはじめとした貸出システムをととのえ、放課後の図書館ごっこに精を出した。

この学級文庫事業は初動から大成功で、みんな競い合うように借りていった。この勢いを逃さじと、わたしはコンテストの開催を宣言した。毎学期ごとに、たくさん本

を借りた上位三名を表彰するという企画で、正賞は手書きの表彰状、副賞はミドリのデザイン文具が贈呈される。副賞の資金源は当方のお小遣い。もちろん教師には内緒だ。とはいえ発覚したときに大騒ぎにならないよう、一位はノートと鉛筆二本と消しゴム、二位は鉛筆と消しゴム、三位は鉛筆と、総額で三百円程度に抑えた。鉛筆のデザインは一位の子から順番に選んでもらった。

放課後、みんなに本を貸し出したあとは、自分が本を選ぶ番だ。今日はなにを借りようか。そう思いつつゆっくりと頁をめくる。年の離れた弟が『コロコロコミック』や『週刊少年ジャンプ』を読み出すまで、少年誌にふれる機会が限られていたこともあり、とりわけ少年漫画が新鮮だった。楳図かずお『漂流教室』と出会ったのもこのころだ。

物語の舞台は小学六年生、高松翔が通う大和小学校。ある日、すさまじい振動と轟音が校舎を襲った。揺れがおさまり、門の外に目をやると、そこには荒廃が広がっていた。彼らは環境破壊によって滅びた未来に放り込まれてしまっていたのだ。混乱と恐慌におちいった教員と児童が次々と息絶えるなか、未来の時空に取り残された子どもたちは、なんとかして生きのびようとさまざまな困難に立ち向かいながら、未来の道筋を変える手段を模索する。
物語は、生き抜くことに懸命に挑む彼らの軌跡を、これでもかというほど生々しく描き出していた。とりわけ固唾をのんだのが、光や匂いに反応する昆虫さながら、精神の気配に反応して襲いかかってくる巨大な怪虫から身を守るために、子どもたちが心を捨てて椅子になるシーンだ。

物になるのですっ!! 石でも、机でもいすでもいいから、物になったつもりになって、物のかたちだけを一心に頭にうかべるんですっ!!（中略）
みんな!! ぼくがあいずしたら、怪虫《かいちゅう》のことやほかのことはいっさい考えずに、いすのことだけ考《かんが》えるんだっ!!
きたっ!!
いすになれ———っ!! いち、に、さん!!

（楳図かずお『漂流教室』小学館）

恐怖のまっただなかで、決死の選択を迫られた子どもたちが跳躍する。絶体絶命の局面をかいくぐるためには、とてつもない想像力によって自己意識を滅却して、ただの物に成り下がらなければならない。人間は椅子になんかなれっこないといった固定観念に囚われた者から順に怪虫に殺されていく。椅子になった子どもたちと、なれなかった子どもたちの描写。その狂気と酸鼻《さんび》とを極めるありさまに、わたしは慄然とした。

とはいえわたしは、そのとんでもない画力に酔い、ただならない発想に痺れながらも、この漫画の哲学的側面を言語化していたわけではなかった。ただなんとなく、それが不条理を生きることについての物語であること、そして人間であり続けるためには意識の灯りを消して暗闇の淵に飛び込む勇気がときに必要であることを思い、そんなことが自分にできるのかどうか、漠然とした不安を抱くくらいのものだった。

毒キノコをめぐる研究

死ぬと思ったことが、これまでになんどかあった。

そのうちのひとつ、毒キノコを食べたのは小四のときだ。症状は寒気、嘔吐、幻覚とごくありきたりなものだったが、よほどぎょっとしたのだろう、救急病院に運び込まれたときの光景がいまも色褪せない。

ほの白い蛍光灯に照らされて、灰色の処置台の上でぐったりしていたところへ、廊下の向こうから近づいてきたのは、バケツと医療器具をぶらさげた看護師である。処置台のわきに点滴のポールを寄せながら看護師はわたしに「自分の名前はわかりますか」と質問する。聞こえているのに答えられないでいると、看護師はわたしの腕や脚をさわり「痛い?」とか「これはどう?」とか「寒くない?」などと質問し、脈拍と血圧を測り、点滴の針を手の甲に刺しながら「胃を洗浄しますね」と言った。

看護師はなんでもないといった顔つきで、透明のチューブを片方の手ににぎり、もう片方の手で仰臥《ぎょうが》するわたしの頭を横向きにした。そして「はい。ゆっくり息を吐いてね」と指示しながら、そのチューブを鼻の穴にぐいぐい押し込んできた。ためらいのないほんの一瞬の手際でチューブの片はしを胃まで押し込んでしまうと、ついで看護師は針のついていない注射器の先をもう片方のはしにつなぎ、注射器のピストンをじわり、じわり、とすこしずつ引っぱった。

胃に溜まっていた流動物が、にゅる、にゅる、とチューブを通って吸い上げられてゆくのが、見えた。

「わあ。見えるわ。キノコ。切れっぱし。ほら見える?」

看護師が穏やかに言った。しかし穏やかなのはその口調だけで、視線は汚物の観察を怠らない。シリンダーが汚物でいっぱいになると、看護師は注射器をチューブの先からとりはずし、シリンダーの内側に溜まった汚物をバケツに捨てた。注射器のはずれたチューブの片はしもバケツに投げ入れた。チューブのなかでいったん逆流が生まれたあとは、もうピストンで吸い上げずとも、サイフォンの原理によって、胃のなかのものが勝手にチューブからバケツへと滴り落ちていくのだ。

半時間もすると、あらかた洗浄が終わった。あっけないものである。体の位置をすこしずらしてバケツのなかをそっと覗くと、たくさん血のかたまりが落ちていた。わたしの目線に気がついた看護師は、

「安心して。内臓がチューブの先で、ちょっと傷ついただけだから。だいじょうぶ、だいじょうぶ。うふふ」

と笑った。

この話を酒の席の余興としてくわしく語ったことがある。すると座を囲んでいた面々の反応は、きれいにふたつに分かれた。ひとつは「それは大変だったね!」という同情。もうひとつは「トリップ体験じゃん!」といった扇動だ。で、そこから怪しげな物質について語り合う会となってしまい、こういった話は軽々しく口にしてはいけないのだと後悔した。

ともあれ、かくしてわたしの毒キノコ体験は、救急外来での適切な処置と数日間の入院でことなきを得たのだけれど、そののち中島らものドラッグ・エッセイ『アマニタ・パンセリナ』を斜め読みしていたら、漫画家の白土《しらと》三平《さんぺい》の好物はベニテングダケ

であると書かれていて目を疑った。ベニテングダケといえば、赤い傘に白い斑点の、毒キノコ界のイデアともいうべき姿をしたキノコである。そんなの常食できるのだろうか。気になって調べてみたら、これが脳の臨界点をぶち抜くおいしさらしい。なんでも毒成分のイボテン酸が、旨味調味料などに使用されるグルタミン酸ナトリウムの約十六倍の旨味をふくんでいるのだとか。さらに調べると、房総の小さな漁村に住みつき、半自給自足の生活を営んでいた白土には、民衆の狩猟採集食にかんするフィールド・ワークをまとめた本が何冊もあることがわかった。

このきのこは大量に採れるので私の少年時代は朝早く三、四人連れだってそれぞれの背負いカゴをリヤカーにのせ、出発したものである。日暮れちかくに帰ってくるとその日のうちにゆでて塩蔵にする。天気が良ければ乾燥してもよい。塩蔵したものは正月頃が食べ頃になるので、正月料理に用いられる。

里芋やコウヤドウフと一緒に煮たり雑煮やウドンのだしとして欠かせないものである。採ってきてすぐに食べる時には一人一本までが限度だろう。それでも個人差や体調によってたまに中毒を起こすことがある。例をみると、すきっ腹、疲労、アルコールの三拍子がそろうとやられるらしい。私は一日に一本を焼くか、油でいためたりして酒の菜にするが、実に味の濃いきのこなので、先にこのきのこを食べると他のきのこは食べられなくなってしまうほどである。

白焼きにしてワラズトに刺して保存するカジカやハヤと、このハエトリの塩漬けは、かつての山国の貴重な調味料だったのである。あらゆるものを食生活の中に取り入れるこの地方(信州・引用者注)の風習は、住人の積極的な姿勢もさることながら、やはりその環境の厳しさから発したものなのだろう。

(白土三平『野外手帳』小学館)

口に入るものなら、なんでも食べる。毒だって歓迎、共生を厭わない。思えば『忍者武芸帳』や『カムイ伝』もそうだった。白土三平の漫画には、飢餓を生き抜くことが中心的な主題にあるけれど、その背景には戦中の疎開生活における彼自身の実体験がからんでいたのだ。またこの地方の習慣を「環境の厳しさから発した」と説明しつつも、おそらく白土には、草木鳥獣虫魚のいのちを毒までも食らうことで森羅万象と溶け合いたいという強烈な欲望があった。

私が山で死ねば、おそらく今度は菌類が私を大地に還元してくれるだろう。もしそこから平茸などというきのこが生えても決して食べたりしない方がよい。きっとていどの悪い中毒症状を起こすことはまちがいないからである。

（同前）

フィールド・ワークの実践家らしい道化た遺言である。人間の認識はつねに相対的な概念に依存しているけれど、絶対の高みに立てば、環境の違いや価値観の争いなど上下や左右のようなものはすべて消失し、生と死さえもひとつのものになる。こうした万物斉同《ばんぶつせいどう》の認識を日々生きることは、ドラッグよりもずっと野生的かつ根本的な自然と人間との一体化に違いない。

事典の歩き方

小五の冬の入りだった。日も暮れ方の、いい匂いのするストーブのまわりで弟と歌をうたっていたら、玄関のチャイムが鳴った。

母が出た。玄関での応対中、居間の戸がすこしあいた。足もとに流れてきた冷気に気づいてふりむいたら、ちょっとおいで、と母が手招きしている。なんだろう。玄関に顔を出すと、来訪者は飛び込み営業のセールスマンで、わたしの顔を見てやさしく微笑み、パンフレットを差し出した。旺文社の百科事典エポカ、十九巻セットと書いてある。

「あなた、これほしい?」と母。

「ほしい!」とわたし。

「でも高いのよね。今年と来年のクリスマスプレゼント、なくていい?」

「いい。いい。これがいい」

のちの母の回想によると、習い事はピアノと手話だけだったし、二歳の弟がイヤイヤ期でどこにも連れていってあげられないしで、可哀想なので買ってあげたとのことである。家にあった平凡社の百科事典が十二年もまえのもので、買い替えどきだというのもあったみたいだ。

現物は、毎月二冊ずつ配本されたような気がするのだけど自信がない。もしかしたら全巻まとめて届いたのかもしれない。手にとった日からしばらくは、どの巻もひとまず最初から最後まで頁をめくっておおまかな印象を頭に入れていたことは憶えている。本を「読む」のではなく「見漁る」感じだ。自分にとって事典というのは雑誌の一種で、しゅわっしゅわっと軽快にめくっては気になった項目で手をとめる、そういうものだった。要は散歩とつまみ食いを兼ねた道楽である。実際、写真や絵が豊富だし、項目ごとの説明がコラムっぽくて乱読にうってつけ、さらに字引きとくらべると執筆者たちの熱が生々しい。もちろん当人たちはつとめて冷静に書いているつもりに違いない。なにせ事典だもの。が、万感が抑えきれないのか、隠しようもなく文に情熱が宿っている。
情熱といえば、同じころよくながめていた別の事典に、学習研究社の『現代の家庭医学』全五巻があった。病気の解説というのは、結びが「最悪の場合死に至る」となっていることが多い。それが小噺の不出来なオチみたいで、ひまなときにめくっては笑いを満喫していた。人体解剖図のイラストもすごかった。全作画を担当していたのは生頼範義《おおらいのりよし》である。一九六八年刊行だから、スター・ウォーズのポスターで脚光を浴びるずっと以前の仕事だ。

主題が何であれ、描けないと云うことは出来ない。生活者の五分の魂にかけて、いかなる主題といえども描き上げねばならない。(中略)世界の多様性そのままに、主題は脈絡もなく移り変り、情緒と感覚だけでは処理し切れない。資料の良否が作品の出来具合を決定する。(中略)私は肉体労働者であり、作業の全行程を手仕事で進めたい。定規、コンパス、筆、ペン、鉛筆と出来るだけ単純、ありきたりな道具を使い、制作中に機械による丸写しや、無機質な絵肌を作ることを好まない。一貫して、眼と手によって画面を支配したい。習練を積むことで手は更にその働きを滑らかにし、女の肌から鋼鉄の輝きに至る無限の諧調を描きわけてくれるだろうし、眼はその手の操作を充分に制御してくれる筈だ。この手と眼に対する絶対信頼は原始的信仰の如きものであり、苛酷な時間との競争、非個性的な作業の連続を耐えさせてくれる。

（生頼範義『生頼範義イラストレーション』徳間書店）

肉筆とは恐ろしい。この執念にもとづいた『現代の家庭医学』のイラストも、客観が客観のまま静止していることに耐えかね、画面がひきゆがむような生々しさで観る者を吸い込もうとしていた。二〇二〇年十一月十三日付『西日本新聞』掲載のコラム「風向計」によれば、この仕事のために生頼は信州大医学部に半年間通い、導入後まもない電子顕微鏡を覗いて知識を深め、海外の人体素描を集め、画材による特殊効果に頼らず、複写もせず、毎回水と絵筆で新たに一から描き起こしたという。

そのうちに、イヤイヤ期だった弟が大きくなってエポカを読み出した。わたしとは違い、ちゃんと情報を掘り起こしていた。我が家は北海道の片田舎にあり、インターネットが影も形もなかった当時、市立図書館の視聴覚室とＮＨＫ-ＦＭくらいしかクラシック音楽の音源を聴く方法がなかったのだが、そこで知った作曲家のことを調べるのに使ったのがきっかけで百科事典にはまったようで、とにかく全頁をひらいて知らない作曲家を端から順にノートに写し、ＣＤ年鑑で出版状況を調べて毎月ＣＤを注文していた。いわば執筆者たちの情熱を情熱で迎え撃っていたかたちである。こういうのが正統派のつきあい方なのだろう。

と書いてはみたものの、自分が「事典は雑誌」派であることはいまも変わらず、さいきんも長島弘明編『〈奇〉と〈妙〉の江戸文学事典』をそのつもりで読んだ。この本、タイトルから察せられる通り読み心地がムックに近く、古典ならではの妙味がわかるようにさわりとつぼが押さえられている。

いいなと思った仕掛けは主にふたつ。ひとつは、『仁勢《にせ》物語』『吉原徒然草』で幕が上がり『南総里見八犬伝』で大団円を迎えるといったドラマティックな構成だ。まあお約束といえばお約束のパターンだけど、悪くない。

もうひとつは、作品の選定・分類・整理および章のタイトルにキュレーター的センスがあるところ。体験型ミュージアムの展示室をおよぐような気分で頁をめくることができる。本をひらくと、まず目にとびこんでくるのは「まじめにふざける」という章。ここでは有名な古典をもじって遊び、格調高い形式に卑俗な内容を盛り込む試みが、江戸文学の〈奇〉と〈妙〉のはじまりとして紹介されている。続いての章が、挿絵や文字、文様、造本などにまつわる「見る・観る・視る」だ。ここでは、さまざまなデザインの効果が、物語の雰囲気を深めるさまを見物できる。

かくして心躍る章立ては続く。そしてフィナーレは「物語を織る」。古い物語はなんどもほぐされ、紡ぎ直され、染め替えられ、イメージという刺繍をふんだんにほどこした新たな物語として仕立てられる、その見本が集結したのがこの章だ。とくにラストの三作品、幽霊の気配が漂い、人間の執着がうずまき、恐怖と情念が交差する『怪談牡丹燈籠』、光源氏の物語に江戸の息づかいが宿るサスペンス仕立ての『修《にせ》紫田舎源氏』、そして、水滸伝の波濤《はとう》に学び、それを超越せんと、江戸の粋が新たな伝説を紡いだ『南総里見八犬伝』の並びは、いかにも〈奇〉と〈妙〉に飾られた江戸文学の真骨頂といった感じ。おかげで読後感が素晴らしかった。事典に「読後感」が存在するというのも妙な話だけど。

『智恵子抄』の影と光

面白い本に楽しませてもらっているうちはまだ甘い。読書の醍醐味は、自力で面白がる方法を極めるところにある。

つまり読書は創造と密接にかかわっている。なにしろ独自の面白がり方を積極的に編み出すわけだから。書き手だけでなく、読み手も仕掛ける側だ。文学理論だってそう。あれは作品の面白がり方を開発しているのである。

わたしが面白がり方の大切さに気がついたのは小六の冬。当時チェッカーズというバンドが流行っていて、同級生のコンノさんが『もっと！チェッカーズ』という本を貸してくれたのがきっかけだ。コンノさんは、高校生のお姉さんの影響で、まわりから情報通として尊敬され、チェッカーズの仕掛け人、秋山道男についても承知しているような早熟な女の子だった。一方わたしはごくふつうの小学生だったが、コンノさんは親友で、バトントワリングのクラブ仲間でもあった。ちなみに、自分は指示通りにこなすのがやっとのレベルだったのに対し、コンノさんは先生から振り付けを頼まれるほどの腕前の持ち主で、それもお姉さんの影響である。

家に帰って、さっそく借りた本を読んでいると、ひとつやたらと異彩を放つものがあった。バンドのギタリスト、武内享のインタビューである。なんというか、すごくのびのびとした語り口で、楽しそうにしている。とくにフランツ・カフカや『ガロ』の漫画家への愛について語るくだりが印象的で、どうしてこんなに楽しそうなんだろうと不思議に思いながら読んでいるうちに、そのひとの趣味全般がものすごく魅力的に感じられてきて、気がついたときにはファンになっていた。で、最終的にわたしは、どうやらこの世の中には、面白さそれ自体を「もの」として生み出すかのような面白がり方をして楽しんでいる大人たちが存在しているらしいということを漠然と把握したのだった。

さらに、このインタビューでは武内の愛読書が紹介されていた。高村光太郎というひとの『智恵子抄』という詩集である。わたしはそばにいた母に話しかけた。

「ねえ、おかあさん」

「なに」

「高村光太郎の『智恵子抄』って知ってる?」

「本棚にあるわよ」

なんと。母も知っている本だったとは。さっそく本棚からとりだしてきたそれは、彌生書房「世界の詩シリーズ」の一冊。表紙をひらいて息をのんだ。旧仮名遣い。しかも知らない漢字だらけである。

その日から辞書を引き、一字一句を拾うようにして解読する日々が始まった。そして意味のわからない箇所を行きつ戻りつするにつれて、わたしはこの詩集が世間のあちこちでひんぱんに引用されていることに気づくようになった。あるときなど、弟を抱っこして『ドラえもん』を観ていたら、のび太のパパが若いころ、ママへのラブレターに綴ったのだといって、「わがこころはいま大風《おほかぜ》の如く君にむかへり/愛人よ/いまは青き魚《さかな》の肌にしみたる寒き夜もふけ渡りたり……」と、のび太のまえで「郊外の人に」を暗誦しだしたことさえあった。のび太のパパまで知っているってことは日本で一番有名な詩集なのかも。そう思いながらなおもしつこく解読を試み、とうとうわたしは二十篇の詩を暗記した。
かくして『智恵子抄』は自分にとって特別な詩集となった。

とはいえ、告白しておいたほうがいいだろう。こうまでして読みはしたものの、わたしは一度たりとも『智恵子抄』をいいと思ったことがないってことを。もっと率直にいえば大嫌いである。言葉の彫琢がゆきとどいた佳品であることは理解しているし、読めば感動だってする。それこそ、深くしみじみと。そして問題はまさにそこなのだ。いかんせん完璧すぎる。信用できない。紛うことなき最高傑作の「レモン哀歌」なんてタイトルからしてうさんくさい。詩の全国コンクールでうっかり一等賞を獲ってしまいそうな優等生ぶりだ。未熟で、くだらなく、どうしようもない自分には、あまりにもまぶしすぎる。

しかし、そう思うんだったら、どうしてくりかえし読んだのか。それは、もちろん武内の愛読書だったからだ。好きなひとの好きな本だということが、もうそれだけでわたしには面白い。たとえ個人的な感情とずれていたとしても。いや、むしろ違和感があったほうが燃える。わからないものを理解したい――いつだってそんな思いから、わたしの読書は広がってきた。

そんなわけで、いまでも年に何回かは、ニースの浜辺を歩きながら『智恵子抄』の数篇を暗誦する。あれから月日は流れたけれど、まだ憶えているかしら。そう不安になって口ずさんでみるのだ。そしてそのたびほっと胸をなでおろす。よかった、ちゃんと憶えていたわ、と。忘れたくないの。大嫌いなのに。

レモン哀歌

そんなにもあなたはレモンを待つてゐた
かなしく白くあかるい死の床で
わたしの手からとつた一つのレモンを
あなたのきれいな歯ががりりと噛んだ
トパアズいろの香気が立つ
その数滴の天のものなるレモンの汁は
ぱつとあなたの意識を正常にした
あなたの青く澄んだ眼がかすかに笑ふ

わたしの手を握るあなたの力の健康さよ
あなたの咽喉《のど》に嵐はあるが
かういふ命の瀬戸ぎはに
智恵子はもとの智恵子となり
生涯の愛を一瞬にかたむけた
それからひと時
昔山巓《さんてん》でしたやうな深呼吸を一つして
あなたの機関はそれなり止まつた
写真の前に挿した桜の花かげに
すずしく光るレモンを今日も置かう

(高村光太郎『智恵子抄』青空文庫)

奇人たちの解放区

母は出かけるとき、小さな子どもの遊び道具をもちあるく性格ではなかった。まして や熱のあるときは決して活字の本を読ませなかったから、かかりつけの病院の待合室での時間は、つまらないを通り越して、ほとんど拷問に近かった。長椅子の上でイイダコのように四肢をくねらせ、もうこれ以上は耐えられないという限界まできたら、マガジンラックに差してある『文藝春秋』を手にとる。だがかろうじて見るに足るものは料理のグラビアくらいしかないのだった。

たまに行くほうの病院には『週刊少年チャンピオン』が置いてあった。それは大きなおにいさんたちの読む雑誌で、表紙の絵がなんだかこわいしろものであった。だがそれでもないよりはいい。それにたったひとつ、内崎まさとしの「らんぽう」だけは面白かったから、病院に行くたびに、いつも同じ号の「らんぽう」をめくっては、くすくすと笑っていた。

そのようすが大人の目には微笑ましかったのだろう。小一だったある日、体温を計りにきた看護師が、わたしの横に屈みながら、こう言った。

「また同じ漫画見てるんだ。そんなに面白い？」

わたしの顔を斜め下から覗き込んで、看護師はにやりと笑った。おのれの内なるものを見透かされた、あのときの絶望感は忘れられない。わたしは羞恥で張り裂けんばかりの胸を抑えながら立ち上がると、よろよろとマガジンラックに近づき、雑誌をそっと元の場所に返した。もうこの先、絶対に「らんぽう」は読むまい。そう固く心に誓い、別の号の『週刊少年チャンピオン』をつかんで席に戻り、ためいきまじりに頁をひらいた。すると、いきなりそこに「らんぽう」があらわれた。あれえ。なんだこれ。わたしはマガジンラックに駆け寄り、そこにある『週刊少年チャンピオン』を一冊ずつひらいてみた。どれもこれも「らんぽう」が載っている。まだ連載という仕組みを理解していなかったころの話だ。

そこから一年ほど経ったころ、ふと実家の和室に『花とゆめ』が転がっているのに気がついた。ひらいてみると、ぜんぜんピンとこなかったものの、それでも漫画なので新しい号が出るたびながめていた。わたしがそうしていると、ごくたまに母が、

「わたしは『花とゆめ』を創刊号から買ってるのよ」

と、謎の自慢をしてくる。母は少女漫画が好きで、ほかにも月刊および週刊『マーガレット』、『ぶ〜け』、『少女コミック』ほか、たくさんの雑誌を定期購読していたのだけれど、そのなかでも『花とゆめ』には特別な感情を抱いているようだった。

ところが不思議なもので、時が経つにつれて、母の言うことがだんだんと腑に落ちるようになってきた。ほかの少女漫画雑誌とは、あきらかに毛色が違うのだ。ほかの雑誌には、小学生の目からみても「プロ中のプロ」が担う商業エンターテインメントの雰囲気が漂っていた。ドラマチック路線であろうと、おとめちっく路線であろうと、職人技が光り、時代の風向きをきらきらと体現している。かたや『花とゆめ』には古参の作家をのぞけば低体温のアマチュアっぽい雰囲気があり、そこにわたしは時代の風向きに背を向けた奇人たちの解放区の匂いを嗅いだ。その匂いがまちがいないと確信したのは小学校高学年、佐々木倫子と川原泉という二人の新人が雑誌に定着しだした時期である。彼女たちの作品は、社会の期待や規範にどことなくそぐわない、生真

面目な変わり者たちの日常を描いており、とくにそのすっとぼけた台詞まわしに、わたしは心をつかまれたのだった。

中二のある冬の日、学校から戻って、居間の戸をあけると、母が体ごとソファに沈み込んで大粒の涙を流していた。

「おかあさん、どうしたの」

「川原泉が……ものすごいことになってる……」

涙をぬぐいもせず、母は最新号の『花とゆめ』を差し出した。

そこには「架空の森」という読み切り作品が載っていた。

なるほど。たしかにものすごいことになっているな。

滂沱《ぼうだ》の涙を流しながら、わたしは同意した。

主人公・狩谷苑生は、祖父母と静かな生活を送る寡黙な剣豪少女。その近所に、饒舌な小学生の男子・御門織人が母と一緒に越してきて、二人はチャンバラごっこで遊ぶ仲になる。数年後、織人が誘拐される事件が起こる。実は織人はアメリカにある大企業の総帥の庶子で、正妻が彼を排除しようと企んだのだ。しかし苑生の剣術によって織人は救い出され、迎えにきた実父とアメリカに去ってゆく。時は流れ、祖父母は逝き、苑生は独り暮らし。それを心配した叔父が見合いの場をもうけるも、苑生はその場に、一世一代のユーモアのつもりで怪獣の着ぐるみ姿であらわれ破談。後日、その着ぐるみを着たまま暮らしていたところへ、立派な青年に成長した織人がたずねてくる。そして着ぐるみ姿の苑生を彼女らしいと笑いとばし、そのままの姿を受け入れるのだ。

織人　いえ　お嫁さんはこれからお迎えするのです
苑生　そーかそーか　そん時には知らせるのだぞ　祝電出すからな　…私もこの前見合をしたが　この格好で行ったらその場で断られてしもーた
織人　……
苑生　…この皮は13万もしたのだが…
織人　…苑生さんを断るとは　馬鹿な男ですね
苑生　おっ

（川原泉「架空の森」『美貌の果実』所収、白泉社）

浮世の交わりの明るい寂しさ。おかしみとせつなさとが、ぎゅっ、と抱き合っている。なにより縁談がつぶれたあとも不格好な怪獣の着ぐるみのまま、のほほんと暮らしているのがすごい。その世捨て人ぶり、まるで深編笠《ふかあみがさ》をかぶった虚無僧《こむそう》である。わたしは母に向かって、言った。

「すごかった」

「でしょう。これからどうしようね」

「うーん」

とんでもない奥伝をたまわってしまったわたしたちは途方にくれ、今日の残りをどうやって過ごせばいいのか皆目わからないのだった。

音響計測者《フォノメトログラフィスト》の午後

中三のとき、エリック・サティ「ジムノペディ第1番」をクラスで鑑賞し、ノートに感想を書いて提出する音楽の授業があった。

サティが好きだったわたしは、日ごろ考えていたことを、臆することなくノートに綴った。具体的な内容は忘れてしまったけれど、授業とは遊びの時間であると心得ていたため、というのもそう思わないとだるくて通ってなんていられないからだが、たぶん「この曲には、存在の縦軸と時間の横軸とがもつれ、靄《もや》のようなものが座標上でうごめいている形跡が見られる。その靄のヴェールは、じわじわと忍び寄る意味を優雅に掃き散らしては、その独特の風格を保っている」みたいなたわごとを書いたのではないかと思う。

で、時は流れて卒業が間近にせまった某日、音楽の教師に廊下で呼び止められた。

「卒業おめでとう」

「ありがとうございます」

「あのさ、お願いがあるんだけど」

「なんでしょう」

そう聞き返すと、教師はちょっとためらってからこう言った。

「あなたのノート、僕にくれないかな。音楽鑑賞でサティの感想を書いたでしょう？ あれすごくよかった。これから人生に迷ったときに読み返せるように、手元に置いておきたいんだ」

わたしがサティを知ったのは中一のとき、ピアノのレッスンの帰りに寄った楽器店で『エリック・サティ／ピアノ全集』の第1巻を見つけたのがきっかけだ。めくってみると、生誕百二十年を記念した全十三巻の全集になるらしく、記念企画ということで力が入っていたのか、はたまた出せばなんでも売れたバブル期だったからか、ポスター、スケッチ、自筆楽譜、写真などの付録が幕の内弁当式に盛り込まれ、ほとんど展覧会の図録である。その楽譜らしからぬ付録の多さに目がくらんだわたしは、新しい巻が出るたびに買い求め、あれこれ試し弾きしては「なんてドリーミーな冗談なのだろう」とその佇まいにうっとりした。彼の得意技は大文字の芸術を右から左へさわやかに受け流すこと、そして思索的な香りと蠱惑《こわく》的な甘さでもって、ひとびとを煙に巻くことだった。わたしはそのフランス流の、どことなく深そうにみえる浅さの虜になったのである。

サティにかぎらず、どことなく奥深そうにみえる浅さはフランス流のエスプリがこぞって目指す地平である。ドビュッシーしかり、ラヴェルしかり。思想ならエッセイというジャンルをつくったモンテーニュからバルトにいたる系譜しかり。ワインも香水もジャズも、熟睡《うまい》と表裏一体のうたたね、永遠とみまがう一瞬、そういった酩酊を愛おしむための秘技だ。

サティは「ジムノペディ第1番」のような世紀の傑作も書いている。しかしながら、芝居がかった旋律がもっともらしく進行してゆくばかばかしい曲こそ、チャーミングで彼らしい。もちろんサティはわざと通俗を気取っているのだ。ちなみにテキストはどうかというと、やはりきまぐれで、不真面目である。

誰もが私のことを音楽家ではないというにちがいない。それは正しい。

そもそも経歴のはじめから、いつだって、私はずっと音響計測者《フォノメトログラフィスト》に分類されてきた。たしかに私の作品は純粋なる音響計測法《フォノメトログラフィ》によってつくりだされたものなのだ。

たとえば《星たちの息子》とか《梨の形をした3つの小品》、あるいは《馬の装具で》とか《サラバンド》といった作品をとりあげてみるといい。これらの作品をつくりあげるときにいかなる音楽的なアイディアも介入していないということに、気づかれるにちがいない。それらを支配しているのは科学的な思考なのである。

事実、私は聴くということよりは、音を測定することのほうに、より大きな悦びを感じる。私は音響計測器を手にして、正確に、愉しく仕事をすすめる。

私がまだ重さを計量しなかったり、長さを測らなかったものはといえば、ベートーヴェンの全作品、ヴェルディの全作品などである。それはまことに奇妙なシロモノだ。

私が初めて顕微音器《フォノスコープ》を使ったとき、まず中位の厚みの変ロ音を調べてみた。

あんなに気味の悪いものは見たことがない。召使いを呼んで見せてやった。
音の秤《はかり》にかけると、ごく平凡な嬰ヘ音は九十三キログラムあった。これはひどく太ったテノール歌手がうみだした音だった。
（エリック・サティ『卵のように軽やかに　サティによるサティ』秋山邦晴・岩佐鉄男編訳、筑摩書房）

一九一二年、音楽雑誌《S. I. M.》に掲載された「私は何者か」からの引用だ。それはそうと、申し訳ない、ついさっきサティのことを「不真面目」と書いたばかりだけど、この文章を読むかぎり、ひとを食っているようでいてあんがい正しいことを言っていることに気づいた。たしかにサティの音楽には実験室の器具で作製したかのような趣きがある。もしかしたらサティの曲はピアニストが演奏するのには向いていないのではないかと思うほどに。ピアニストという種族は存在感が強すぎる。あの霞めいた雰囲気とのつりあいがとれるとは思えない。

生演奏よりも録音で聴くほうがいいと思う。

で、さらに理想的なのは自動演奏だ。

北ノルマンディーの港町オンフルールにはサティの生家があり、いまでは記念館になっている。むかし住んでいたル・アーヴルから市バスで三十分かからなかったので、なんども遊びに行った。扉をくぐると、金色の大きな洋梨の天使が翼を揺らして客人を出迎えてくれる。内部からぽわんと明るむその金色の洋梨に挨拶して、中世の香りがする階段をぎしぎし軋ませながら上っていくと、たどりつくのは真っ白に塗られた最上階の屋根裏。まんなかに自動演奏機能つきの白いグランドピアノ、壁際に白い木のベンチがあるだけの小さな部屋だ。

窓から差し込む自然光が、音もなく床にふりそそぐ。

ピアノはひねもす自動演奏中である。

ベンチに座る。そして耳を傾ける。一曲終わるたびに笑いがこぼれる。よくもまあここで「よし、できたぞ！」とペンを擱《お》いたなって。

再読主義そして遅読派

高二の春、主治医のセラさんと病院で世間話をしていたら、セラさんが、

「さいきんどんなことに興味があるの？」

とわたしにたずねた。わたしは筒井康隆の『言語姦覚』をふわっと思い出しながら、

「言語学ですかね」

と答えた。するとセラさんはゆっくりと眼鏡をはずし、両指でつるをつまんだまま目だけ天井をおよがせて、

「つまり、ソシュールとか？」

と聞き返してきた。たしかに言語学といえばまずそこだ。わたしは、いえハナモゲラ和歌ですとは恥ずかしくて言えず、手短に答えた。

「まあ、そうです」

病院の帰り道、大きな本屋に寄って、而立書房という読み方不明の出版社から出ていたH・A・スリュサレヴァ『現代言語学とソシュール理論』という本を買った。そうですと答えた手前、勉強しておかないとつじつまが合わなくなるからだ。で、家で本をひらき、瞬息でめまいを起こした。

なんなんだこれは。わけがわからない。いったん落ち着こう。そう思って本をとじ、もういちどひらいて見返してみたがやはりなにひとつ理解できない。はたしてそれが日本語なのかどうかさえ怪しいくらいだったが、字面に強烈な麻薬性があり、とにかくとんでもない本を手に入れてしまったとぞくぞくし、骨を掘り返して舐めてはまた埋める犬みたいに本棚から出しては読み、読んではまたしまうといった行動を長いことくりかえした。

いまでもわたしは同じ本をなんども読む。十回、二十回、三十回と。わたしにとって読書の醍醐味とは読み直すことにある。昨日はああやって読んだから今日はこうやって読もう。そうやって読み方を日によってアレンジしてみるのだ。スカーフの巻き方を日によって変えるみたいに。本は読めば読むほど体に馴染んでくるし、そうなってやっと見落としていた細部に気づいたりもする。

再読主義者であるのに加えて、かなりの遅読派でもある。文章の靭帯《じんたい》はリズムにあるから、軽快にテンポに乗っかっていくほうがちんたら読むよりも意味をつかまえやすい。それなのにゆっくり読むのは、好きな曲の数小節をくりかえし聴くみたいにして、言の葉のざわめきを心ゆくまで堪能したいからだ。

なんども、そしてゆっくり読むといえば、いまテラスのテーブルの上に、さっき仕事の休憩中にめくってそのままになっている保坂和志の『あさつゆ通信』がある。学生時代に『猫に時間の流れる』に出会って以来、ほとんどの作品を読んできた。このひとの書くものは読み直すたびに発見がある。

これは「たびたびあなたに話してきたことだが僕は鎌倉が好きだ」という印象的な冒頭からはじまる、主人公の「僕」が子ども時代のことを語る小説だ。子ども時代といっても、在りし日のエピソードをいかにも遠い過去として語るのではない。そうではなく、いまを生きるように、記憶をせわしなくうごきまわり、現在性をたわわに実らせた状態の風景を摘み取っていく。新聞連載ならではの、千字に満たない断片を百八十五日分つなげた構成がまた、この小説の試みていることと合っている。いつも適当に、ひらいたところを読むのだけれど、さっき読んでいたのはここだ。

地図を見ると鎌倉は山が木の根のように不定形に枝分れして伸びている。山は島のように孤立していることはめったになく、天園ハイキングコースとか葛原ガ岡ハイキングコースとかそうやって歩いて辿《たど》れる鎌倉全体を囲む山につながっている。

山は常緑樹が多いから晩秋に紅葉する木はぽつりぽつりとしかなく山の紅葉はあざやかとは言いにくい。春先はまだ新芽が出ずひと冬を越した葉が光の加減なのか全体に茶色にくすんで見える。しかし春から秋までは緑が猛々《たけだけ》しく、傾斜が急で民家のすぐ後ろまで来ている山は、斜面が盛り上がりこっちに向かってせり出してくる。

緑の色はすべて違う、何色あるか数えられない、緑の違いを見るだけで楽しい。その急な斜面から斜めに伸びてせり出した高い木の緑の葉の上にツタの緑の葉が二重三重に重なるから斜面が本当にすぐ目の前だ。手がもう少し長ければ触れられるほど近い、メガネをかけて視力を一・〇か一・二にすると目が葉に触れるように感じる。だから門の向こうがすぐ山だったという記憶も緑のせり出しによる錯覚かもしれない。何しろその頃僕の視力は二・〇だった。

（保坂和志『あさつゆ通信』中央公論新社）

鎌倉の地形、山の特徴、季節の変化、緑の多様性、そして「僕」の視力。適切な段落構造で、情報が整然と展開されているのに散漫に感じられるのは文章が生きているからだろう。文章は合理性に侵されると、推敲の過程で悟性にあらがえず、どんどんゆがみが刈られ、不純物がとりのぞかれ、見た目がととのって死に至る。でも文章は一文、いや一語単位の細胞が寄り集まってできた有機体で、ひと呼吸ごとに、微細なフラッシュバックやタイムスキップがひそんでいるものだ。

右のくだりもそうだけれど、この小説には核心と呼べる出来事がなく、ただそのひとつひとつが小さな鏡みたいに別の出来事を映し出している。イメージをはっきりさせたい欲求と、イメージをほぐしていきたい欲求とがぶつかり合って、そのせいで固まることと流れることが同時に起こっている。それは別の言い方をすれば、保坂が自分自身を読み直しているということで、もちろん読み直すとは生き直すことだ。保坂の作品に顕著な現在性のせり出しは、彼が思考したことを使って小説を書くのではなく、落ち着きのない想念そのものを小説として紙に刻んでいるがゆえに起こる。

仕事が一段落したので、ふたたびテラスでひと息つくことにした。

知人にもらったルワンダコーヒーを淹れ、近所のパン屋で買ったくるみパンを袋から出す。わたしはこのパン屋が好きだ。昼下がりの客が引けた時間帯に行くと、しんと静まり返った奥の作業場で、ヴァイオリンを構えてクライスラーを弾いている主人を見かける。ステンレス製の大きな作業台の上には、小さく丸められたパン生地が整然と居並んでいる。パン生地はひっそりと膨らみながら、主人のヴァイオリンの音《ね》を聞いている。そのようすをながめるたびに、胸の奥から古い詩がこみあげる──幸せは目指す先じゃなくて旅のなかにあるんだ。踊れ、誰も見ていないかのように。愛せ、一度も傷ついたことなんてないかのように。歌え、誰も聞いていないかのように。生きろ、今日が最後の日であるかのように。

名文暮らし

出会った時期が悪かったせいで、長いこといわゆる名文が苦手だった。忘れもしない、石田幹之助《いしだみきのすけ》『長安の春』を読んだのは高一の秋。石田はモリソン文庫の受託・創設およびその後身となった財団法人東洋文庫の発展に尽力した東洋学者である。

陰暦正月の元旦、群卿百寮《ぐんけいひやくりょう》の朝賀《ちょうが》とともに長安の春は暦《こよみ》の上に立つけれども、元宵観燈《げんしょうかんとう》の節句のころまでは大唐の都の春色もまだ浅い。立春ののち約十五日、節は雨水《うすい》に入って菜の花が咲き、杏花《きょうか》が開き、李花《りか》がほころぶころとなって花信《かしん》の風もようやく暖かく、啓蟄《けいちつ》にいたって一候桃花《とうか》、二候棣棠《たいとう》、三候薔薇《しょうび》、春分に及んで一候海棠《かいどう》、三候木蘭《もくらん》と、つぎつぎに種々《くさぐさ》の花木《かぼく》が撩乱《りょうらん》を競う時にいたって帝城の春は日にたけなわに、香《か》ぐわしい花の息吹《いぶき》が東西両街一百十坊の空を籠《こ》めて渭水《いすい》の流れも霞《かすみ》に沈み、終南の山の裾《すそ》には陽炎《かげろい》が立つ。溟濛《めいもう》たる春雨《はるさめ》の日が続いて清明《せいめい》の節が過ぎ、桐《きり》の花が紫に匂《にお》い、郊外の隴畝《ろうほ》には麦の穂が青々と秀《ひい》で、御溝《ぎょこう》の水には柳絮《りょうじょ》が繽紛《ひんぷん》として雪のように舞うころになると、時は穀雨《こくう》の節に入って春はようやく老い、照る日の影も思いなしか少しずつ輝きを増して空も紺青《こんじょう》に澄んでくる。

（石田幹之助『長安の春』講談社）

ことに名文の誉れ高い巻頭随筆より、長安の都のようすを描く冒頭を引用した。なるほど名文だけあって迷いがない。羞らいも。多感な年ごろの少女にはそれがたいそう下品に感じられ、こんなの美文の鋳型に月並み表現を流し込んだだけじゃん、と怖《お》気《け》をふるった。もちろんいまは大人だから楽しみ方がわかる。あたかも実際に長安を見てきたかのような顔で唐詩のベスト・ショットをじゃんじゃんカットアップし、活動弁士もかくやあらん、ああっとのけぞるほどの饒舌でもって都のようすを実況する最高の大衆演芸。それがこの随筆の質、要は名調子ってやつである。そこが飲み込めてからは、石田の語る由来逸話も自然に楽しめるようになり、そうなるとお喋り上手の文章におのずと親しみもわくのだった。石田は芥川龍之介の古くからの友人なので、ふたりが文体を磨きあっていた一高時代の光景を胸に描きながら読むとなおよい。
石田のそれとは逆に、初手から肌にあったのが市河晴子だ。一八九六年、法学博士穂積陳重《ほづみのぶしげ》と渋沢栄一の長女で歌人の渋沢歌子とのあいだに東京で生まれた市河は、一九三一年、夫・三喜の欧米諸国視察に同行し、各国のようすを描いた『欧米の隅々』と、一九三七年、日米親善の民間外交を託され単身渡米した際の出来事を綴った『米国の旅・日本の旅』との二冊の本を出している。これを数行読んで驚愕した。豊かな教養。弾む文体。大きな度量。そして機智。そう大傑作なのである。

凄《すさま》じく青い。眉に迫るほど近い。それは北欧の冬の空の、垂れ下《さが》ったような近さとは全然違う。碧瑠璃《へきるり》の玻璃盤《はりばん》を頭上二十尺に張り渡した堅さだ。斧《おの》を振って丁と打てばパリパリと電光を飛ばせて銀色の亀裂が入るに違いない。風が吹く。遮る物なき沙漠の上空を矢のように飛ぶ風だ。吹き送るべき雲の一片をも持たず、一直線に上空を走る風は、鋭いピラミッドの先端に触れて掠《かす》り傷を負ってピピピピピと裂巾《れっきん》のような叫び声を立てる。また沙漠の砂を巻いて、地上を征服しつつ押《おし》よせて来た風は、このピラミッドにガッキと受け止められて、三百尺四百尺を逆撫《さかな》でにピラミッドに沿って飛び上《あが》り、上空の風とぶつかって激す。轟々《ごうごう》と鳴りまたハタととだえて、その間の静寂はまた妙にひっそりとする。ただ日光ばかり燦々《さんさん》と降り注ぐ中に、五百尺の三角の、とっ先《さ》きにつっ立っているのは、甚だ晴れがましいものだ。

（高遠弘美編「ピラミッドに登る」『欧米の隅々　市河晴子紀行文集』所収、素粒社）

空の堅さと風の靭《しな》やかさがいい。ピラミッドの頂上ならではの体験の特異性が迫力をもって伝わってくる。奔放でありながら計算を欠かさず、理知と無心とが大胆に共存し、美文に抗いつつも美をつらぬいた文章からは、ところどころ講談のエッセンスが香り、見せて聞かせるエンターテインメントとしての牽引力を備えている。それでいて俗っぽくない。清潔なのだ。自意識が控えめで、万国を目撃する感動を餌に読者を釣ろうとしていないからだろう。

きままに並べた名文がどちらも外国のようすを描いていたからか、河口慧海《かわぐちえかい》の『チベット旅行記』のことを思い出した。一九〇四年に出版されたこの本は、日本や中国の仏教の本につねづね疑問を抱いていた河口が、本当の仏陀の教えがわかる梵語《ぼんご》原典やチベット語訳仏典を入手しようと決意、数々の試練を情熱と運で乗り越え、鎖国政策下のチベットに単身で潜入・脱出を果たした冒険記で、掛け値のない目でまわりを観察し、自分の頭でものごとを処理して変に偉ぶらない、肺肝《はいかん》あけっぴろげの文章が悶絶するほど面白い。ラサの都のようすはこんな感じ。

> チョエン・ジョエという大法会《だいほうえ》は私共がかつて見たことのない法会で（中略）朝五時位に召集の笛の音《ね》を聞きつけてラサの市中に泊って居る僧侶がみなそこへ出掛けて行きます。そうしてお経を読むと、例のバタ茶を三遍もらうことが出来るです。
> そのもらうから〔茶から次の茶〕もらうまでの時間が三十分程ずつありますので、その間はお経を読んで居なければならん。さてその二万の僧侶が集まると言ったところで、本当の僧侶というような者は誠に少ないので、壮士坊主とか、あるいは安楽に喰うのが目的で、バタ茶をもらうのが目的で来るような僧侶が沢山ある。です

からお経を読むのじゃない。鼻唄《はなうた》なんかうたう奴〔者〕もあればあるいは大いにそのなかでもって腕角力《うでずもう》など取って居る奴もある。それはなかなか面白い。もっとも厳粛な式を行って居るところに行けば、いずれも真面目な顔をして真面目にお経を読み、いかにも真実ありがたく見えて居るですけれど、普通の壮士坊主共が寄り集って居るところに行くと、男色の汚い話、戦争《いくさ》の話、泥棒の話がおもであって、果ては俗間の喧嘩の話から中には真実喧嘩をおっ始めて、ぶん擲《なぐ》り合いをするというような始末です。

（河口慧海『チベット旅行記』青空文庫）

すがすがしいまでに文体へのこだわりがない。河口が脱俗の身にあるだけに、思わず「ううむ。文体への執着は煩悩のなかでも相当にタチの悪い部類のものだから、いさぎよく捨て去ったのかも」と詮索《せんさく》してしまうくらい。実際のところはさておき、ものごとの理《ことわり》として、文体への煩悩を滅してこそ文の極北《きょくほく》、すなわち名文に至ること自体は真理だろう。古今無双の射の名人たる紀昌《きしょう》が、最後には弓を忘れ去ったように。

接続詞の効用

正面からながめるとそれは、縦長の入院棟に横長の診療棟が差し込まれた、絵に描いたようなモダニズム建築だった。案内されたのは六階の個室である。ベッドに荷物をぽんと置き、窓をあけようとして動作が一瞬とまる。窓ガラスを覆う面格子が、大胆な亀甲模様を描いている。精神科病院の鉄格子ってこんなにおしゃれなんだ。思い描いていた光景との違いにわたしは拍子抜けしたが、もちろんその病院の設計者が、フランク・ロイド・ライトの設計工房タリアセンで働いていた土浦亀城《つちうらかめき》であることなど知るよしもない。わたしは窓をあけて深呼吸した。吹き込んでくる風はつめたい。東京にも冬はあるのだ。

患者たちの生活は自由だった。体調さえ許せば、相撲だろうが、歌舞伎だろうが、気前よく外出許可が下りた。遠くまで出歩くのが怖い患者は歩いてすぐの公園に出かけることが多かった。最初に誘ってくれたのは東大を卒業してすぐに幻聴が始まったハマダさん。二十三歳で発病して、もう五年ここにいるらしい。

「郵便配達の男が、ぼくを殴ろうとして、わざとゆっくり近づいてきたことがあったんだよ。『おまえ、俺の声が聞こえるだろ』なんて顔で疑っているんだ。すぐピンときたね。でまあ、こっちも、聞こえますとも聞こえてませんとも、言わないわけ。聞こえないふりをしているあいだに、男はゆっくりいなくなりますよ、という意味のことを、にこっと愛想笑いしてやったわけさ。そして案の定、いなくなっちゃった。それっきり一度も会いません。声だけ、毎日届きます」

「その声は幻聴なんですか」

樹々に囲まれた公園のベンチに並んで座り、わたしがたずねると、ハマダさんは眠りに落ちたモルモットみたいに、こくん、とうなだれた。なにか言うのかしら。わたしはじっと待つ。しばらくするとハマダさんは頭を上げ、夢から醒めたかのようなさっぱりとした表情で、「たぶんだけど、ぼくのなかには、なんでもかんでも聞き取りたいって欲望があるんだろうね。それが幻聴として、外に向かって発信されてるんだと思うんだ」と語り、こう話を結んだ「ところでさ、君、ぼくの初恋の子にそっくりなんだよ」。

十六歳のわたしは「初恋の子に似ている」という台詞が成人男性の常套句であることをまだ知らなかったから、ハマダさんの頭がおかしいのか、あるいは本当に似ているのかのどちらかなのだろうと考えていた。そして、なにはともあれ、わたしの存在がこのひとの役に立つのならばそれはそれで悪くないことだ、といつも黙って話を聞いていた。とはいえ黙って聞いていたのは相手への気遣いばかりが理由ではなく、その公園が夏目漱石の旧居跡だったことも手伝っていた。この場所で、漱石は死ぬまでの九年間を過ごしたらしい。

漱石の作品を真剣に読み出したのは高校で『こころ』を習ってからだ。中学のときに読んだのとはまったく違う次元が急に見えた気がして、続けざまにほとんどの作品を再読した。それは感動というよりも、文章に込められた伝言をじっくり聞いて、ていねいに心に畳んでしまうような作業だった。江藤淳や柄谷行人を筆頭に漱石論にもひと通りあたって基本的な知識も得た。でもわたしにとって漱石の魅力とは、そこで語られている主題に先立って、まず文章家としての力量にあった。このひとの文章は本当に明るい。文章からほとばしる知の活力、その自在なふるまいが明るさの源泉である。和洋中の骨法が、それこそ洒落たモダニズム建築みたいに合体し、たがいを引き立て、広大な世界を描くまでもなく文章そのものが広々としている。希死念慮が語られているときですら、文の多孔性が換気装置としてはたらいて、視野が狭まる感じがしない。

ある日、病院の作業療法室の棚に『坊ちゃん』を見つけた。そういえば『坊ちゃん』はまだ読み直していなかったなと思い、それを借りて六階に戻り、ベッドに寝転がってさっそく読みはじめた。漱石は高浜虚子から「気晴らしに文でも書いてみては」と勧められて、神経衰弱の治療のためにものを書くことを始めたひとで、『坊ちゃん』執筆の時期は依然その渦中にいたが、ひさしぶりに読んだそれは気晴らしも気晴らし、冒頭からぶんぶん鳴るような気っ風のよい文章で、ぴしりと決まった締めの一文にはことに痺れてしまった。締めが決まるといってもいろんなパターンがある。森鷗外『興津弥五右衛門の遺書』みたいに退屈すぎて読み飛ばしたくなるような、また実際にほとんどの読者が斜め読みしているはずのラストが、あたかも映画のエンドロールをながめているかのごとき深い余韻を醸し出して、思わず唸ってしまうといった離れ業もあるくらいなものだ。

世に「文章の書き方」の指南本は多いけれど、書き出しにくらべて結びの一節の重要性がほとんど検討されないのはどうしてだろう。祝いのとき、実際には身の部分しか食べないにしても、鯛に尾頭がついていると印象が立派になる。ところがこのときもひとは頭にばかり恐れ入り、ほとんど尾を見過ごしている。ラストの軽んじられ方というのは、この尾に、ちょっと似ている。

清《きよ》の事を話すのを忘れていた。――おれが東京へ着いて下宿へも行かず、革鞄《かばん》を提げたまま、清や帰ったよと飛び込んだら、あら坊っちゃん、よくまあ、早く帰って来て下さったと涙《なみだ》をぽたぽたと落した。おれもあまり嬉《うれ》しかったから、もう田舎《いなか》へは行かない、東京で清とうちを持つんだと云った。

その後ある人の周旋《しゅうせん》で街鉄《がいてつ》の技手になった。月給は二十五円で、家賃は六円だ。清は玄関《げんかん》付きの家でなくっても至極満足の様子であったが気の毒なことに今年の二月肺炎《はいえん》に罹《かか》って死んでしまった。死ぬ前日おれを呼んで坊っちゃん後生だから清が死んだら、坊っちゃんのお寺へ埋《う》めて下さい。お墓のなかで坊っちゃんの来るのを楽しみに待っておりますと云った。だから清の墓は小日向《こびなた》の養源寺にある。

（夏目漱石『坊ちゃん』青空文庫）

右は、小説のすじがすっかり片付いたあと、尾ひれとして語られた『坊ちゃん』のラストシーン。最後の最後にあらわれるたったひとつの接続詞「だから」が、砂浜に埋もれたガラス玉みたいにきらきらと光っている。

このそっけなくもゆるぎない「だから」には希死念慮をはらいのける力がある。これまでとこれから、そしていまここ、その全方位に向けて大きく手をふっている。あんまり体いっぱいふるものだから、虹が生まれてしまうくらいの力。わたしは本をとじた。そして、ごろんと仰向いて天井をながめながら、もしも人間を癒やす究極のひとことがあるとしたら、それはこの「だから」だ、と思った。

恋とつるばら

二度目の高二の春、同じクラスになったハギワラさんに恋をした。

すらりと背が高く、髪は長く、綺麗でそっけない。口数は少なく、すぐにえっへらと笑って会話を切り上げる。周囲を気にせず、窓際で考え事をしていることが多かった。まるで一人乗りのタイムマシンに乗り込んでいるかのように。そう、ちょっと変わったひとだった。そして変わったひとのまま、すこやかに、全きを保っていた。わたしはその佇まいに、自分から遠いひとつの完成された美を見出し、恋に落ちたのである。

それにしても、自分に恋ができるなんて、信じられないことだった。そのころのわたしは、ちょうど東京の精神科病院から北海道に戻ってきたばかりで、どうあがいても、だれかを好きになる余裕なんてないはずだったのだ。リタリン、アナフラニール、ハルシオンの服用量も限界に達していた。覚醒剤、抗鬱剤、睡眠薬のハード・トリオ編成である。退院は仮釈放で、そのままシャバに生還できるかどうかは不明、もしできたとしても夏休みの再入院はすでに決まっていた。

クラスでは二週間に一回、クジ引きによる席替えがあった。ハギワラさんに「隣の席に座ってもいい？」と尋ねると「いいよ」と言うので、席替えのたびにハギワラさんの隣の席のクジを引いた子と交渉して席を代わってもらった。卒業までの二年間、わたしはハギワラさんの隣を確保しつづけた。そして一、二度、好きだと伝えた。ハギワラさんはなにも言わず、えっへらと笑った。その無言が、拒絶のサインではないことが嬉しかった。それでも、ハギワラさんが男子と話していると胸が苦しくてたまらない。やっぱり彼女も女子じゃなく男子が好きなんだ。男子が好きなんだ。男子が好きなんだ――わたしはいつも小さく絶望していた。

そのハギワラさんと、数日間、ひとつのベッドで眠ったことがある。

京都の大学に入ってすぐ、東京の大学に進学した彼女から、「ゴールデンウィークに京都に行くから泊めてくれる？」と電話があったのだ。高校時代だって一度も学校のそとで会ったことのない関係なのに、よもや向こうから連絡をよこすとは。どきどきしながらわたしは尋ねた。

「いいよ。なにか観光したい場所ある？」

「小木《しょうぼく》が見たい」

はて。小木とはなんだろう。辞書を調べると低木と同じ意味らしい。低木を見に京都まで来るなんて、なんだかかっこいいな。そう感心していると、すぐにハギワラさんがやってきた。

南禅寺では、名残りの椿が、ぽつりぽつりと明るかった。小ぶりの青紅葉が陽の光を浴び、枝葉の下にはレエスのような葉影が揺れ、その濃淡を身に貼りつけてハギワラさんは立っていた。そして黙って雰囲気を味わい、また歩き出し、境内を通る水路橋をくぐった。石楠花《しゃくなげ》のそばを通りかかったとき、地面からなにかをつまみ上げた。萎れた花びらである。それを鼻に押しあて、しばらく目をとじてから、静かに驚いた顔してこう言った。

「石楠花って、こんな甘い香りだったんだね」

わたしたちは大学生活についてひとことも喋らなかった。それ以外の近況を語りあうこともなかった。もともとそういった関係なのだ。わたしたちは散歩しながら、つぎつぎと目のまえにあらわれるものを題材に心ゆくまで会話した。

南禅寺のまわりには湯豆腐屋が多い。わたしたちは日本最古の湯豆腐屋ときく奥丹で休むことにした。座敷で一軒家然とした庭をながめ、運ばれてきたものを順にいただいた。まずは胡麻豆腐、とろろ汁、木の芽田楽、それから湯豆腐と精進天麩羅、さらにごはんと香の物が続いた。湯豆腐に添えられた九条葱と山椒七味が甘く香ばしかった。鍋の底に敷いた厚い昆布もハギワラさんは平らげた。

午後も小木をもとめて左京区を歩きまわり、夕食をたらふく食べて、わたしたちは下宿に戻った。ハギワラさんはユニットバスでシャワーを浴び、ベッドに上がり、布団をかぶった。で、眠った。ものの五分も起きていなかった。

このひとは、なんのおっかなびっくりもなく、ふつうに寝るんだな。

誇らしいようなそうでもないような変な気分である。眠るのがもったいない。わたしはベッドのわきに佇み、ハギワラさんを見下ろした。

パジャマに着替え、ベッドに上がって、うとうとしかけたころ、背中にあたたかさを感じた。ハギワラさんが凭《もた》れてきたのだ。わたしは急に可笑しくなって、ふ、と小さく笑った。その呼吸が伝わったのか、ふざけているのか、ハギワラさんが、ぐっと背中を押しつけてきた。驚く間もなく、おたがいの背中がぴたりと接した。一枚の面となって存在する背中——それは光と闇の境界に似ていた。なにかが消え去るような、なにかが生まれるような、そんな感覚に。胸の奥から虫の鳴く声がこみあげてきた。

いま もし… せまっても こいつは逃《に》げない ぼくを受《う》け入《い》れないとしても 上等《じょうとう》の対応《たいおう》をするにちがいない その対応《たいおう》が知《し》りたい!! その対応《たいおう》が知りたい!!

（大島弓子「つるばらつるばら」『つるばらつるばら』所収、白泉社）

大島弓子「つるばらつるばら」は男の子が好きな男の子、富士多継雄が、幼いころから夢で見つづけている「石の階段のある、薔薇の垣根の家」を現実でさがす物語だ。性同一障害ゆえにまわりに避けられていた継雄は、大学に入ってはじめて仲間というものを知り、彼らと夏休みのキャンプに行く。そして夜、ひそかに恋する東野青二と背中あわせに凭れ合い、焚き火を消した闇のなかで虫の鳴くのを聴きながら、いまここで青二にせまるべきかどうか煩悶する。
このあとふたりはどうなったか。頁をめくると、その顚末は、こうある。

お父《とう》さんお母《かあ》さんキャンプの成果《せいか》をお知《し》らせします　ついにぼくは一度《いちど》も彼《かれ》にせまることなくキャンプを終了《しゅうりょう》しました（中略）ぼくは毎晩横《まいばんよこ》に眠《ねむ》るあいつをみていました　その気持《きも》ちはどういったらいいか　いつかの天地《てんち》逆転《ぎゃくてん》の幸《こう》福感《ふくかん》ともちがい　胸《むね》の痛《いた》い幸福感《こうふくかん》でありました　虫《むし》が祭典《さいてん》のようにないていました　ぼくは明日《あした》からまた夢《ゆめ》の家《いえ》をさがします

（同前）

ああそうか。薔薇の低木を見にいってもよかったんだ。いまは五月だもの。さぞかし勢いよく咲いているに違いない。明日、目がさめたら、そう提案してみよう。
ハギワラさんの寝息を背中で感じながら、ぼんやりと思い、眠りに落ちた。

戦争と平和がもたらすもの

読書とは、たったひとりで作品と向きあう行為である。

音楽、映画、展示、舞台、スポーツ、ゲームなどは大勢のひとと同じ時間、同じ場所で感動を分かち合うことができるけれど、読書はそうはいかない。いつでもどこでも基本ひとりだ。図書室だの、喫茶店だの、ひとが集まっている場所でも、見渡すと誰しもそれぞれの本に向き合っている。つまり読書はひとを孤独にさせる道具だということ。そこに己の身を切るような、かっこよさがある。

いましもこの世界の片隅に、本を読んでいるひとがいる。それはほかの鑑賞で見られるような熱狂を生み出さない。読書の情動は、はかなくゆれるたった一本のろうそくの炎にすぎないのだ。でも目をとじれば、この世界のあちこちで、鼓動のように、だれかの胸のともしびが明滅しているのが見える。それが至るところで起こっていて、地球はいつも決して死なない蛍の群れに覆われているみたいだ。

　そういえば去年、書評家の渡辺祐真さんとのトークイベントの場で「物語ってどういうものなの?」という質問をされて、どうしようかと困ったことがある。わたしは重度のめんどくさがり屋で、わけても物事の意味や価値を考えるのが苦手なのだ。

　そんな状態でかろうじて言えたのは、優れた物語というのが作品のはらむ傷や矛盾までをふくめて非常に有機的・合理的につくられていて、これは事実にはとうてい太刀打ちできないということだ。また物語のなかの人間模様には倫理的な上下の序列がないということも心に留めておく必要がある。正しいことを言うひとがその小説で一番偉いということもないし、悪人が底辺に置かれるということもない。むしろ人間は倫理をはぎとった状態で対等に扱われる。そうした人間関係は、ときに滑稽なまでに無防備で、またときに残酷で救いがないこともあるけれど、その正直さゆえに、物語はわたしたちが本当に直視すべき事柄がなんであるかを教えてくれる。さらに小説家は出来事を組み立てる力、人間の感情を描き出す力、社会の諸関係を見えるようにする力、そしてなにより言葉を読者に届ける力を持っている。国境を越え、時空を超えて遺憾なく発揮されるその技術を楽しむのも物語の醍醐味《だいごみ》だろう。

と、こんなことを喋ったのだけれど、さらに「物語を読むことの効用」について質問されて言葉につまった。そもそもわたしにとって、読書の効用は楽しいということにつきる。軽い意味においても、重い意味においても。でも、そう答えると「その楽しさって具体的になんなの？」と掘り下げられてしまう。ここでうっかり相手の質問に乗ってはいけない。乗ったが最後、それが読書の効用であるかのように、ことの次第が入れかわってしまうから。なんでもいい、たとえば「自分の文脈を離れて他人の目線を生きられること」だの「大勢のひとの思惑《おもわく》がうずまく状況を冷静に俯瞰できること」だのと口にすれば、それが一人歩きするだろう。でも違う。そうじゃない。もしも効用がなにもなかったとしても読むのだ。本を読むことの底に、現状への抵抗があるかぎり。要するに読書の楽しさは、書かれた内容にもまして読む行為そのものにある。

とはいえ考えというのはあっちこっちを向いているから、これよりほかの回答がわたしのなかに見当たらないわけではない。それをひとつ語るとすれば、新渡戸稲造『武士道』に引用されていた、ジョン・ラスキン『野の橄欖《かんらん》の王冠』の一節と出会ったときのことが思い浮かぶ。

戦争はあらゆる技術の基礎であると私の言う時、それは同時に人間のあらゆる高き徳と能力の基礎であることを意味しているのである。この発見は私にとりて頗《すこぶ》る奇異であり、かつ頗る怖《おそ》ろしいのであるが、しかしそれがまったく否定し難《がた》き事実であることを私は知った。簡単に言えば、すべての偉大なる国民は、彼らの言の真理と思想の力とを戦争において学んだこと、戦争によって涵《かん》養《よう》せられ平和によって浪費せられたこと、戦争によって教えられ平和によって欺かれたこと、戦争によって訓練せられ平和によって裏切られたこと、要するに戦争の中に生まれ平和の中に死んだのであることを、私は見いだしたのである。

（新渡戸稲造『武士道』矢内原忠雄訳、岩波書店）

右の一節に触れたのはたしか高三の、ちょうど湾岸戦争が起こり、文壇のあちこちから「戦争の前で言葉／文学は無力か」といった議論が聞こえていた時期だった。この議論の底流には、アドルノが「文化批判と社会」で述べた「アウシュヴィッツ以後、詩を書くことは野蛮である」という有名な命題がある。

わたしも湾岸戦争の映像を見ながら考えてみたけれど、納得のいく回答が浮かばない。そんなとき、人間の言葉の真理と思想の力は戦争のなかに生まれ平和のなかに死んでゆく、というラスキンの言葉を読み、その直感的洞察に自分が立ち返るべき地平を見たような気がして、もしかすると「言葉／文学は無力か」をこのタイミングで自省してみせる態度の裏には、世界を遠巻きにながめる特権階級的な傲慢さがひそんでいるのかもしれない、と我に返った。

言葉や文学が無力であるわけがない。だってそれは種を蒔いたり、苗を植えたりすることと同じ種類の、生命をはぐくむ営みなのだから。むしろ戦争が起こっているいまこそ、蒔かないといけないし、植えないといけないし、育てないといけない。たとえ嘲笑され、批判されたとしても。蒔いても刈られ、実を結ぶ見込みがないからといって、種を蒔かない者がいるだろうか。平和ばかりでない。いかなる概念も勝手に空から降ってきて実を結ぶようなことは起こらない。それを成立させるためには、人間の意志でもって種を蒔いて育てるよりほかないのだ。そんなふうに高校生のわたしは思った。そしていまでもまったく同じように思っている。

ラスキンは、名誉のための決闘という考え方がまだ世間に息づいていたヴィクトリア朝の人物である。私闘が禁じられ、暴力が国家に独占された社会形態も知らなければ、世界大戦やホロコーストの惨禍《さんか》を見ることもなかった。核の脅威となると、その光景は想像の埒外だろう。そんな彼の語る戦争が、今日わたしたちの思い描くそれと質的に異なるものであることは明らかだ。もしも未来の世界を覗くことができたなら、もっと違う物言いをした可能性もある。だが、たとえそうだとしてもなお、いまここに残された彼の言葉は、これからも折々の文脈に揉まれては、わたしのなかで生きのびるに違いない。

全集についてわたしが語れる二、三の事柄

好きな作家は誰かと聞かれたら、たいてい夏目漱石と答える。

あるいは、まだそういう状況になったことはないけれど、時と場合によっては太宰治と答えてもいいな、と思っているくらい太宰も好きだ。

漱石は主題もさることながら、作品の様式が多岐にわたるところがいい。漢文学、英文学、写生文、俳句、滑稽本などもろもろが混じり合った雑種性も好みだし、根が饒舌な文体も気晴らしにもってこいだ。しかも女が遠慮なく喋る。『草枕』には那美さんという風変わりでよく喋る女が登場するが、「なるほど。漱石ってこういう女性が好きなんだ」と初読にして確信した。そのくらい文章がうきうきしている。芸術論を茶飲み話的にあしらいつつ、非人情と人情とを交差させる筆捌きも娯楽の極意を心

得ており、そのさりげなさたるや、意識に囚われる人間の心がこの小説の隠された主題であることを忘れてしまいそうになるほど。ついでに書くと、太宰の偉大さは、すごい文体もひどい文体も、どっちも自由自在だってとこ。『富嶽百景』や『走れメロス』はすごい系。『斜陽』はひどい系である。はじめて読んだときは、ああっと声をあげてしまった。なんなんだこれはと。これでええんかいなと。ところが読み進めるにつれて、そのひどさがどんどん稀代《きたい》な色気を帯びていくのだから、ったくどれだけ文章が上手いんだろう太宰って男は。日常生活でてんぱったときにぜひとも口走りたい珠玉の迷台詞もばんばん登場する。

そんな与太話はともかく、ときにせつないのは、冒頭の質問に「夏目漱石です」と答えると、なんだ、そんな作家か、とがっかりされることだ。たしかに漱石は、それこそ太宰も、通好みの作家ではないのかもしれず、そうでなくとも回答として面白味に欠けることは否めない。でもかっこつけたってしょうがない。わたしが「標準的」な書物で育ったのはまぎれもない事実なのだから。日々の主食となったのは実家の本棚、なかでも標準的な、あまりに標準的なものの代表が全集だ。たくさん読んだわけではないけれど、読まずとも、そこにあるだけで影響をこうむるのが全集の不思議なところ。

新潮社『世界文学全集』は父の本で、活字はこまかく、二段組で、まるで風にゆれる草原の草みたいにわたしの目には焦点が定まらないしろものだった。さっぱり自分には向かず、読んだのはカフカ、カミュ、ポー、モーパッサン、たぶんそのくらいだったと思う。たまに気が向くと本を函から出し、引き込まれたら本を棚に戻して文庫本を買いにいく。そのうち耳学問がふえると、それぞれの本がどんな文脈に属しているのかがわかるようになって、まるで未知の料理の味を予測するみたいに、未読の本の味わいを勝手に空想していた。読めばいいんだけど、まあ読まない。さらに高校に入ると、思春期ならではの潔癖さで、わざわざ「世界」と銘打っておきながらその実態が「西欧」でしかない文学全集というものが気色悪くなってしまった。

そこへいくと、彌生書房の「世界の詩シリーズ」はいくぶん多様性があって、なによりも日本が世界にちゃんとふくまれているのが、あたりまえなのに新鮮だった。気に入ったのはジャック・プレヴェール、萩原朔太郎、山村暮鳥。で、その逆が堀口大學と西脇順三郎。両氏の翻訳した西洋の詩を先に読んでしまったせいで、彼らの自作が西洋の詩の盗作に見えたのが原因だ。もちろん事実は違う。わたしが西洋の詩から受けた感動の大半は、堀口と西脇の日本語の力に起因していたのである。

河出書房新社『日本文学全集』は母が独身だったころ、ちょうど配本中だったのを毎月買い揃《そろ》えたものだ。「当時は社会がまだ貧しかったから、そんなものにお金をかけるなんて、と周囲から小馬鹿にされてたいへんだったのよ」とは母の弁だが、あのころは全集ブームがあったくらいだし、おそらく母の認識が間違っている。わたしも大学の入学式の日に、晴れて同級生になった男の子たちに囲まれて「女のくせに哲学って、生意気だと思わへんの?」と言われた経験があるので、ありありと状況が思い浮かぶ。この全集には古典や詩歌の巻もあり、受験勉強がてら『万葉集』『古今和歌集』『新古今和歌集』『今昔物語』『竹取物語』『伊勢物語』『枕草子』『徒然草』『王朝日記随筆集』などを、異国の風を嗅ぐような、目のさめる感覚で読んだ。

文学全集よりも親しかったのが河出書房新社の『世界美術全集』だ。幼稚園の夏休み、函に印刷されていたお姫様に惹かれて函から出してみたら、クッキーの缶に印刷されているような絵がわんさと載っていて、その日からことあるごとにながめるようになった。お気に入りは、モーリス・カンタン・ド・ラ・トゥールが手がけたロココ様式の『ポンパドゥール夫人の肖像』である。ブルーとパールの色調で品良くまとめられたこの絵には、幼稚園児さえも納得させる魅力があった。

それから、自分のお小遣いではじめて購入したのが『エリック・サティ／ピアノ全集』で、これが中学生のころ。当時のお小遣いは月三千円である。高校に入ると五千円になったので、中央公論新社『日本語の世界』全十六巻をすこしずつ揃えた。編者代表は大野晋と丸谷才一。これを選んだ理由は、当時のニューアカ・ブームの雰囲気に疲れてしまい、そこから離れた知的読書がしたかったからだ。思春期がニューアカと重なったことは自分にとって悲劇であった。商品化された知に浮かれる大人たちの、まったく美的じゃない立ち居振る舞いは、知に目ざめたばかりのうぶな少女に受け入れられるしろものではなかったのである。たとえが悪くて恐縮だが、いまだ恋に恋している女の子が、目のまえの扉をどきどきしながらあけてみたら、そこにいたのは王子様でなく変なおじさんで、しかもその変なおじさんの変な踊りまで見てしまったがために、もう一生恋愛できなくなるほどの後遺症に見舞われた、といった事態を想像してほしい。それが当時のわたしがニューアカから受けた衝撃だ。

以上が、わたしが全集について語れる二、三の事柄である。

ちなみに現在、自宅の本棚に並んでいる紙の全集、と厳密にはいえないまでもそれに類する本で、全巻揃っているものは『現代フランス戯曲選集』、スミルノフ『高等数学教程』、『ゲーテ全集』しかない。

『現代フランス戯曲選集』は白水社の本である。フランスに来たばかりのころ、パリのセーヌ川沿いの古本市で、どういうわけかフランス語の書物にまぎれて投げ売り同然だったのを、この本のたどった道が偲ばれる鈍い光沢にぐっときて、アパルトマンに連れ帰った。いまでも落としきれていない黒の靴墨がよれて固まったような汚れがこびりついている。ちなみに一行も読んでいない。ぼろぼろで読めるような状態ではないのだ。風通しのよい本棚の蔭でのんびりと余生を送ってもらっている。スミルノフ『高等数学教程』は夫が大学一年の春に京都アバンティの本屋で買ったもの。わたしは読んだことがない。そして『ゲーテ全集』はInsel Verlag社から出ているドイツ語の原書で、ケルンで本屋めぐりをしていたとき、黄色い布の質感に惹かれて買った。もちろん一行も読んでいない。ドイツ語だもの。

アスタルテ書房の本棚

読書の折の音楽の聴き方については、二十歳のころ、京都のアスタルテ書房で学んだ。店主のササキさんが、コーヒーの淹れ方を伝授するみたいに、アルバイトのわたしに教えてくれたのだ。わたしは「そんなの自己流でええんちゃいますの」なんて悪態はつかずに、というのは、ひとえにササキさんがとんでもなく面白いひとだったからだけれど、彼の講釈を謹んで拝聴した。

「音量が大事です。聴こえるか聴こえないかくらい。イメージとしては、うっすらと香水の香りが漂っている感じ。ともすると、音がどこかに消えてしまう、それくらいがちょうどいいんです。ただ、空間にいい香りをつけるためのものなので」

なんとも、ゆかしい奥義である。

「もしも仕事中に聴きたい曲があったら、自由にかけていいですよ。なかったら、僕は小唄が好きだから、いつも小唄を流すんですけどね」

そんなわけで、アルバイトの日は、本を読みながらずっと小唄を聞いていた。本当に、ずっと聞いていたのだ。だって店にいても、番台がわりの机に向かって座っているだけで、なんにもやることがないんだもの。客が来ないのである。正午にあけて十九時にしめるまで、まあほとんど。机の背後にあるクローゼットが、ひらくとキッチンになっているので、そこでドリップコーヒーを淹れ、芸者の透かし絵が底に入ったアンティークのカップにそそぎ、机の横のソファで本を読んでいるササキさんに供して、お喋りするのが唯一の仕事だ。べん、べん、とひっそり響く三味線の音を、拾うともなく耳で拾ったりしながら。帰りぎわ、アルバイト代の入った封筒を手渡されるときは、なにもしてないのにお金をもらうのがどうしても気が引けて、毎回その場で全額本に替えてしまった。岡本かの子、龍膽寺雄《りゅうたんじゆう》、ジョルジュ・バタイユ著作集などを手に入れたのがこのころ。

アスタルテ書房はバタイユ『眼球譚』の翻訳者である生田耕作によって命名された、京都でもっとも足をふみ入れにくいといわれた古書店だ。場所は、京都の細い道に建つマンションの一室で、看板はない。ドアの向こうは、四方の壁を天井まで届く書架に改装した書斎風の内装で、靴を脱ぎ、薄くて柔らかな黒い革スリッパにはきかえて、板の間へ上がる。

「靴を脱いで上がるってめずらしいですよね。小唄といい、ティーカップの絵柄といい、ここってなんだか、旅籠《はたご》みたい」

「あ。そう?」

「この薄っぺらいスリッパも、黒足袋《たび》のつもりなんでしょう?」

わたしの言葉に、ササキさんは声を出して笑った。そして、いや嬉しいな、異端趣味と言われるばかりで、日本風と言ってくれるひとがぜんぜんいないんだよねと言った。それはそうだろう。ベル・エポックへと思いを馳せるに格好の調度品で店内をしつらえ、耽美、異端、頽廃、悪徳、妖艶、淫靡、甘美、幻想といった社会通念を評価軸としない書物を壁一面にめぐらし、金子國義の銅版画集《METONYMIE》の刊行を手がけるような商いをやっているのだから。定価ウン十万円のその画集は、四谷シモンの人形の隣に飾られ、まわりの景色をバロック的奇想の世界に変えていた。

バロック的奇想といえば、森茉莉の本棚を思い出す。その手の本が並んでいるというのではなく、過剰なまでの細部の描写があたかもそのように錯覚させる、という意味合いで。茉莉は夢を食べて生きた人間だが、夢といってもふわふわした綿菓子風味ではない。気骨ばりばりである。いかなるほどかは『贅沢貧乏』を読めばわかる。

さて魔利の書棚に、還る。魔利の書棚は魔利の部屋の飾り棚である。そこには本立てがあって、欧外の「独逸《ドイツ》日記」の白に黒の字と、灰色の模様の背表紙。ロオダンバックの「死の都ブリュウジュ」、ドオデの「Jack」、ピエエル・ルイの「女と人形」、同じ作者の「ナンフの黄昏《たそがれ》」等の黄ばんだ表紙。英国版のを真似たのではないかと思われる、深い紅と白に、黒い字の「シャアロック・ホームズ」二冊。ロチの「お菊さん」と「お梅の三度目の春」、が、魔利の注文にかなった色調で並んでいる。ホームズの隣りに、冴《さ》えた薄緑が一冊欲しいので、目下魔利は物色中である。本立ての横には、去年の夏の枯れた花が、硝子のミルク入れに差してある。橄欖色《オリーブいろ》の萼《がく》と茎、黄ばんだ中に胡粉《ごふん》の繊《ほそ》い線が浮び上っている、小さな薊《あざみ》のような花である。花の色は黄ばんで脆《もろ》くなったダンテル（レエス）の色であり、萼と茎との色は伊太利の運河の色である。黄金色《きんいろ》の口金《くちがね》の、四角な、宝石のような壜、アリナミンの小壜に立てた燃え残りの蝋燭《ろうそく》は、暗い緑である。蝋燭の後《うしろ》には、埃《ほこり》を被《かぶ》ったDomの空壜が、薄青の資生堂の空罐の上に載り、それと蝋燭との間に立ててある、ウェスタンハットに西部の牧童の襯衣《シャツ》と胴着のディーンの肖像《ポルトレ》は茜色《あかねいろ》の濃淡である。濃いのと薄いのとの二つの緑色の硝子壜。その一つには、緑と礦《はがね》の色に光る虫が入っている。灰色に塗ったペンキの枠《わく》に囲まれた写真立ての中には軍医の欧外、象牙《ぞうげ》色《いろ》の枠の中には、レジョン・ドヌウル（芸術家の勲章）をつけたプルウストが、入っている。魔利の言う真正の現実を追求した、永遠の作家のプルウストである。

（森茉莉『贅沢貧乏』新潮社）

アパートの小さな本棚を描写するのに、ユーモアをからめつつ、ざっとこれだけの筆をつくすのがマリー流。とりわけ色彩の描写が、濃い、濃い、濃い。目でわしづかむかのような濃さだ。世界は死なじ、色あるかぎり。茉莉にとって色彩とは生命である。

閑話休題。澁澤龍彦は、アスタルテ書房の店内をぐるりと見まわし、「これ、売ってしまうのは惜しいよ」と言ったそうだが、記憶するかぎりにおいてアスタルテは、それほど稀覯本が多いわけではない。すべてはササキさんの決して商売風にはしつらえないセンスが、よくよく見ればふつうの本を、あたかも秘宝の品々であるかのように錯覚させていたのだ。で、そのトリックとして香りがあった。空間にいい香りをつける音楽。そして連句でいうところの匂付《においづけ》の手法で並べた本棚である。

連句の作法には、と偉そうに語るほどの腕前はもちあわせていないけれど、不遜を気にせず説明すると、前句の言葉から連想してつける物付《ものづけ》、前句の意味を展開してつける心付《こころづけ》、そして前句の余情を引き立てるようにつける匂付の三段階があり、後者ほど高級とされる。本の並べ方においては、よほどセンスのいい読書家でもたいていい心付、つまりアナロジー止まりで、上下左右の本が親しくも交じり合わず、それぞれの余情が広がるような本棚をつくるひとはほんのひと握り。だからこそササキさんの本棚は、書痴たちを酔わせたのだろう。

ブラジルから来た遺骨拾い

カルロスさんは日系ブラジル人二世で、年齢はたしか不惑を超えていた。出会ったのはわたしが胸の術後で体調がすぐれず、知人のカオルさんのマンションに身を寄せていた二十歳のころで、カオルさんが京都木屋町の飲み屋で意気投合した初対面の彼を部屋に連れてきたのである。ところが部屋で飲み直したまではいいものの、明くる日になっても、そのまた明くる日になっても、カルロスさんはいっこうに出ていこうとしない。いったいなんなのだろうと戸惑いつつも、居座り三日目にしてわたしたちは悟った。このひとには帰る家がないのだ、と。

まさか住みつかれるとは思わなかった。そういってカオルさんは苦笑した。そして、べつになにを疑っているわけでもないけれど、自分が会社に行っているあいだ、彼がなにをしているのかそれとなく見張っていてほしいとわたしに耳打ちした。

カルロスさんの日常はこうだ。まずカオルさんがちらかしたテーブルを片付け、窓をあけて部屋を掃除する。手荷物から手帳を出し、思いついたことを書きとめる。便箋をひろげて手紙を書く。カオルさんの本棚から本をひっぱり出して読む。町内を散歩する。浅漬けを仕込んだり、近所のスーパーまで買い物に出かけたりして夕食をこしらえる。わたしたちは毎晩カルロスさんの手料理を囲んだ。

ある日、カオルさんが出社したあとの部屋で勉強していて、ふと台所を見ると、冷蔵庫を覗いているカルロスさんが目に入った。そのあまりにも自然なようすに、わたしは立ち入った質問してみたくなった。

「カルロスさんって、ブラジルではなにをしてたんですか」

カルロスさんは振り向いた。そして片手で冷蔵庫を閉め、

「日本のキョウリョウメーカーで働いていました」と、もう片方の手に大根をにぎりしめた状態で答えた。

「キョウリョウ?」

「橋梁。橋です。日本の会社がアマゾン川に橋をかけていたんです。その工事は、流

域に暮らすいろんな先住民に話を通さないとできません。私はその通訳でした」

「いろんな先住民かあ。面白そうですね」

わたしがいいかげんな感想を述べると、カルロスさんはくすりと笑い、

「そこそこ危険な仕事でしたよ。それより星空がすごくてびっくりしました。私はサンパウロ育ちで大自然を知らなかったので」と言って大根の桂剝きを始めた。

「アマゾンの星はすごいんでしょうね」

「毎日が七夕でした」

ふと蜀山人「をみなえし」にある、七夕を思へば遠きあめりかのあまさうねんの事にや有けん、という狂歌が頭に浮かんだ。「七夕といえばさ、天の川ってあの遠いアメリカにあるアマゾン川のことだったの?」という大意で、「あまさうねん」がアマゾン川のことである。たぶん南畝は根岸鎮衛《ねぎしやすもり》の随筆集『耳嚢《みみぶくろ》』を読んだのだろう。その本のなかに、長崎出島の通訳が「アマサウネンという大河のほとりに年に一度だけ男と交わる女たちがいる」という話を伝え聞き、アマゾーネ(Amazone)と女人族アマゾネスを七夕神話の起源ではないかと推論する一篇があるのだ。

「――というわけで、江戸時代の日本には天の川、イコール、アマゾン川起源説とい

うのがあったんですよ」

わたしの披露したこの珍説をカルロスさんはことのほか面白がって聞いた。そして一度沸騰させてあった大鍋の煮汁に、下ごしらえした大根、蒟蒻、厚揚げ、ごぼ天を入れてふたをし、カオルさんのエプロンで手をふきつつ居間に戻ってきた。窓をしめてテーブルについたので、わたしも体を起こし、ふたりでテーブルを囲んだ。

「カルロスさんは、なんで日本に来ようと思ったんですか」

「永山則夫《ながやまのりお》って知ってますか」

「はい」

「実は私、永山に会いたくて来日しました。『無知の涙』を読んで本人に手紙を送ったんです。そしたら返事が来て、かれこれ長いこと文通を続けているんです」

そう来るとは思わなかった。わたしは、永山がついさいきん日本文藝家協会から入会を拒否された出来事について、私的な想像をまじえて語った。

「会員になれば死刑を回避できるのでは、と推薦人は考えたのかもしれません、ジャン・コクトーらの尽力でジャン・ジュネが終身禁錮刑をまぬがれたみたいに」

「その話、永山から聞きました。でも日本では、骨をひろう縁者のいない死刑囚は刑の執行ができないそうですね。だから俺は死刑にならないんだって言ってましたよ」

わたしは弱ってしまった。しかしカルロスさんの認識をいまここで否定していったいなんになろう。そう思ったわたしは立ち上がると窓をあけ、

「じゃあこのまま年をとったら無縁仏になっちゃうのかなあ」

と、わずかに話をそらして窓をあけた。

「私が、骨を拾ってもいいと思っているんですけどね」

カルロスさんは言った。こともなげに。夏の匂いの風が吹き込み、夏の簾がふんわりとふくらんだ。ふと、根無し草たちの連帯、という言葉が思い浮かび、それを打ち消すように、俺の骨は誰にも拾わせないぞ！　という叫び声が、耳の奥に聞こえた。


N・N（永山則夫・引用者注）の戸籍体験は、多くの都市への流入者たちが、言葉その他で体験したおぼえのある、さまざまな否定的アイデンティティの体験、つまり自分が、まさにその価値基準に同化しようとしているその当の集団から、自己の存在のうちに刻印づけられている家郷を、否定的なものとして決定づけられるという体験の、一つの極限のケースとみなしうる。

彼らはいまや家郷から、そして都市から、二重にしめ出された人間として、境界人《マージナル・マン》というよりはむしろ、二つの社会の裂け目に生きることを強いられる。彼らの準拠集団の移行には一つの空白がある。したがってまた、彼らの社会的存在性は、根底からある不たしかさによってつきまとわれている。

（見田宗介『まなざしの地獄　尽きなく生きることの社会学』河出書房新社）

まえに働いていた北陸の旅館に求人がないか手紙で問い合わせたら、住み込みで雇ってくれることになりました。出会ってから一ヶ月半をすぎたある日、カルロスさんはそう言い残してカオルさんのマンションを出ていった。もしかしたらうそだったのかもしれない。けれどあのころのわたしはその言葉をつゆも疑わず、働くところが見つかってよかったですね、とゆきずりの同居人の明日を祝福した。カルロスさんとさよならした日は、軽い遠出をするのにうってつけの、すこんと晴れた秋日和だった。その数年後、永山則夫は処刑され、遺骨は彼の弁護人に引き取られていった。

残り香としての女たち

誰しも誰かの着こなしをお手本にしてみたことがあると思う。

わたしにも、そういうひとが何人かいる。

古いところではジョージア・オキーフがそうだ。心の淵《ふち》からすっくと伸びた白百合のようなシャツを、黒のカーディガンからのぞかせている一枚の写真に衝撃を受けたとき、わたしは高校生だった。

まずもって際立っていたのが、モノトーンの広がりから立ちのぼる凜として芯のある品格だ。ついで目についたのが、細部にほどこされた愛らしい意匠である。厳しさと茶目っ気とが同居し、暮らしに根付いた趣味のよさにあふれ、それはただの着こなしではなく、もはや存在の香りをまとっていると言ってよかった。

自分もこんなふうに服を着てみたい。そのためにはどうしたらいいのかしら。その解答としてわたしが選んだのは、イレギュラーヘムの白いシャツだった。一見なんのへんてつもない。ただ裾《すそ》が前後左右で違う長さになっていて、単純さと複雑さが共存し、どことなくモダンデザインっぽくもある。生地《きじ》はヘリンボーン織りの綿麻で、柔らかく、でもしゃんとした風合い。それを着て、近所の川べりをうろうろしてみたら、悪くない。シャツも川べりがお気に召したみたいで、風がふくたび踊り出して、わたしにじゃれついてきた。

嬉しくなって、もっといろいろしたくなって、シャツのボタンを貝殻のボタンに変えてみた。母の部屋の、古いボタンがいっぱい入った壜《びん》のなかからとっておきのを寸借し、みずから針をとって縫いつけたのである。すると、それまでなにも語らず黙り込んでいたそのシャツが、まるで自分の人生を思い出したかのように一転して活気づいた。ボタンひとつでシャツがシャツ以上のものになったのだ。細部とはこういうふうに効いてくるものなのかとわたしは学んだ。そしてまた、微細な変化こそが、人生においても奥深い影響を及ぼすのに違いないと予感した。

いまにして思えば、オキーフの着こなしには俳句のエッセンスがひそんでいた。俳句は基本ミニマリズムである。そして細部に心を寄せる。静寂と運動とのあいだのバランスを見極めることによって美や瞑想を生み出す。当時は気づかなかったけれど、オキーフの存在は文学的な意味でも、ファッションのお手本以上のなにかを教えてくれていたようだ。

こういった体験は、もちろん本でもある。大学に入ったばかりのころ、京都のジュンク堂に行くたびに目を奪われたのは、みすず書房の棚だった。みすず書房の本は、大人っぽい。手にとってひらくとき、まるで香水を試すときのようなときめきがある。だからよく物色していたのだが、高くてそうそう買えない。

けれども、あるとき手にとった、ヴァージニア・ウルフ著作集の造本があまりによかった。函の表は鶯《うぐいす》の羽根を思わせる灰がかった黄緑で、本は布張りのターコイズブルー。綺麗だった。どうしようかと悩んで、いいや、こんなに素敵な本だもん、読めなくたっていいじゃないか、そのときは部屋のインテリアになるんだし。そう決心して、まず二冊買った。で、読もうとしたら、読みづらさが常軌を逸していた。

あいにくその本は手元になく、さいきん岩波文庫版の『灯台へ』を読み直した。小説の舞台はスコットランドに浮かぶ孤島の別荘、主人公はその別荘でひと夏を過ごすラムジー一家である。物語は三部構成で、第一章ではラムジー夫人が息子に「明日こそは灯台に行けるでしょう」と約束する一日が描かれる。第三章はその十年後の一日で、ラムジー一家が十年越しで灯台への遠足を実現するようすを客人の画家が記述する。つぎに引用するのは第二章で、十年のあいだに、別荘がひたすら荒れはてて廃墟になったようすを描いた箇所だ。

雲間からあらわれた星か、沿岸をさ迷う船の灯りか、あるいは灯台そのものの光なのか、いずれにせよ、その青白い足跡を階段やマットの上に広げていた気まぐれな光に導かれるようにして、風の小隊は階段を昇り、寝室のドアのあたりで様子を窺《うかが》い始めた。だが、ここで彼らも立ち止まらねばならない。他の何が滅び、消え失せようとも、ここに横たわるものだけは不変なのだから。ベッドの上の方で息づき覗き込もうとしている、滑るような光やまさぐるような風に向かって、はっきり告げてやってもよいだろう、お前たちといえども、ここにあるものは触れることも滅ぼすこともできないのだと。それを聞くと何か疲れた亡霊さながらの様子になって、羽根のように軽い指先で、羽根のように執拗にまといつきながら、その小隊は、一度だけ眠る人たちの閉じた目や軽く握った指を眺めやると、物憂げに上衣に身を包んで、静かに姿を消すのだった。それから彼らは、鼻を突っ込んだりこすったりを繰り返しながら、階段の窓を通り、使用人たちの寝室に行き、屋根裏部屋に並んだ箱を覗き込みもした。その後は階下に降りて、食堂のテーブルの上のリンゴの色を白ませ、バラの花びらを弄び、イーゼルに架けたままの描きかけの絵に触れ、マットをなでて少しばかりの砂を床に吹き散らした。だがとうとう断念したのか、すべての風は動きを止め、一つにまとまって大きなため息をついた。その無意味な嘆きの吐息に応えるかのように、台所のドアが一つ大きく開き、新たに何かを迎え入れることもなく、そのままパタンと閉じた。

（ヴァージニア・ウルフ『灯台へ』御輿哲也訳、岩波書店）

この小説では、登場するものたちの意識が、刻一刻とうつろいながら、時のなかに影を描く。風さえも、夢遊病者さながら荒廃した別荘をさまよい、ものうげな痕跡をあちらこちらに残すのだ。ドアがパタンととじたあと、わたしは空の部屋にとり残された。こうやって、命も、命でないものも、いずれすべては置き去りにされるのだろう。そう思うにつけ、本をつかむ手も、かたちのおぼつかないものへと変貌していくような気がした。

ウルフの文章は、駆け足で読むようには書かれていない。酒類に喩えれば、ビールではなくブランデー。ちびりちびりと味わうのが作法だ。嚙みしめることで、体のすみずみにまでしみわたる。彼女の文章なしでは生きていけないほどに。とはいえ、浜辺から砂粒をつまみあげていくような彼女の孤独を、わかった、という自信はない。わからないものを、わからないまま、ただ香りに溺れながら飲み干す。それがわたしのウルフの読み方だった。いまもまだわたしは暮らしの折々に、あのころウルフに注いでもらったブランデーの残り香をふっと嗅ぐことがある。そんなとき思うのは、虹をこころざし、一瞬それに近づいたけれど、気がついたら海に膝をついていたおんぼろの浮橋のことだ。

文字の生態系

大学生のころ、いきなり本が読めなくなった。

わたしの側ではなく、本の側が変わってしまったのだ。

原因は、活版印刷から平版印刷《オフセット》への完全な移行である。そうなってはじめて気づいたのは、自分が活版印刷の本を、活字を圧しつけたりインクを乗せたりしたときに生じる紙の表面の凹凸《おうとつ》をがしっと目でわしづかみ、その立体性をよすがにして識字をおこなっていたという衝撃の事実だった。つまり点字さながら文字を目でさわっていたのである。

試しにいま、古い岩波文庫を本棚からとりだしてきて、ひさしぶりに頁をさわってみたが、はっきりわかる。凹凸が。それが平版印刷では生じないため、文字をわしづかみにすることができず、紙の上で目がすべるようになってしまった。目だけじゃない。光もすべる。なにしろ紙が平らなままなんだもの。

そんなわけでわたしは、平版印刷の本の読み方をあらためて習得しなければいけなくなったのだけれど、識字にほぼ支障がなくなったのは実はさいきんのことだったりする。で、いまなお完全ではない。世間で活字の読みやすさが話題になるとき、紙の本と電子書籍との差異をうんぬんするひとはたくさんいるのに、活版印刷と平版印刷の差異を語るひとがいないのは本当に不思議だ。わたしは電子書籍にはすんなり適応できたし、白黒反転させれば平版印刷より文字がつかまえやすい。そういうひとはほかにもいると思う。

またかつてのわたしは本を読むとき、いまよりも本そのものと身体でふれあっていた。その寸法や重さ、厚さ、匂い、手ざわり、書体、字組、余白、綴じ方、栞、帯、装画といった、外見やデザインの細部に意識を傾けていた。それらは本の肉体そのものだった。そのなかでも大切なのが刻印された文字である。ぞわぞわと紙に植わった感じ。あるかなきかの凹凸。草いきれのようなインクの匂い。インクがたまって、文字がかすれたり、にじんだり、まだらになったりするようす。言葉が実際に呼吸しているかのような、紙の上に息づくこうした生々しい風景は、かつて本の魂そのものだった。

刻印を失った平版印刷の本に、わたしはそのような魂を感じない。たとえ美しくとも、文字と紙とのあいだの深い結びつきが欠けている。そこにあるのは生命としてではなく、物としての美しさにすぎないのだ。

ところで、ここで気になるのは、活版印刷技術が普及するまえの読書の感触とはどういうものだったのかだ。読書とは決して一定のスタイルでなされてきたわけではない。その変遷をさぐることは、読書によってわたしたちがなにを感じ、なにを考え、いや、そもそもなにをしようとしていたのかを知るきっかけになる。誤解のないように言うと、いま考えたいのは、江戸時代の会読だの、黙読と近代読者との関係だのといった文化史ではない。そうではなく、かつての人間が、ひと文字ひと文字の質感をどのように感覚しながら紙に刻み、また読んできたのかといった角度の話だ。

古書の製本には大きく分けて、巻子本《かんす》、折本、そして冊子本《さっし》といった三つの形態があった。巻子本は紙を糊でつなぎあわせて、くるくると丸める仕立て方。折本も、糊で紙をつなぎあわせるところまでは一緒だが、できあがった紙は巻かずに、山と谷が交互になるように折り畳んでいく。そして冊子本は、紙を重ねて、一方のはしを糊づけして綴じる。この綴じ方には不思議な魅力があって、表紙は向こうの世界への扉となり、ひらいた瞬間に広がる文字の茂みには、秘密の園を目撃したかのような官能や魅惑が宿る。この園を、ひとびとは、いろんなことを感じながら歩きまわってきた。

六世紀に制定されたベネディクト会則のなかの「祈りと労働」によると、毎日数回、僧侶たちは祈りのために集まり、みんなで本を読み、聖歌隊で詩篇を歌った。これは要するに書かれた言葉が、神との霊的なつながりを声に出して感じるための道具として使われていたということだ。また一一二八年ごろ、パリの聖ヴィクトール修道院の修道士ユーグがものした『ディダスカリコン』は「読書術」について書かれた最初の本として知られる。

ユーグが読む時、彼は収穫する。彼は一行一行から果実をもぐ。ラテン語の〈パギーナ pagina〉という言葉、つまりページは、結びつけられたぶどうの木の列を意味することをプリニウスはすでに気づいていた。ユーグはこのことを、承知している。ページの上の各行は、ぶどうの木を支える棚格子の筋である。羊皮紙の葉の茂みから果実をもぐたびに、ユーグの口から〈書物の声 voces paginarum〉がこぼれ落ちる。それを自分の耳に与える時には抑えたつぶやきとなって、また修道士たちに伝える時には〈真っすぐな響き recto tono〉となって口からこぼれる。（中略）古代において読むことが一つの不撓不屈の行為と考えられたのは取り立てて不思議なことではない。ヘレニズム期の医師は、読書をボール遊びや散歩に代わる治療法の一つと考えた。読書することは、その人が健全な肉体を持っていることが前提であった。だから虚弱な人間や病弱な者は、声を出して読むことは許されなかった。

（イヴァン・イリイチ『テクストのぶどう畑で』岡部佳世訳、法政大学出版局）

ユーグにとって読書とは労働であり、収穫であり、食事であった。ぶどうの木の列である行を行きつ戻りつし、ぶどうの粒たる文字を摘みとり、あるときはもぐもぐと声に出して唱え、その味わいにふさわしい自分であるかどうかを内省する。書かれた言葉は精神のエネルギー源で、口にふくむことで精神の栄養になる。そんなふうに、読書を味、咀嚼、消化と比較した例は、当時のさまざまな文献に見られる。匂い、香りに利用できる語彙は、現代のヨーロッパの言語よりも中世の自国語の方がはるかに豊富だったとイリイチは語る。

奇しくもユーグの存命中に、読書の方法は大きく変わることになった。最初のころは、ひとびとが一堂に集まり、テキストを声に出して楽しむ協同の活動であったのが、だんだんと孤独の作業へと移行していったのである。この変化をもたらしたのが単語の分かち書きの導入だ。それまでの本は、単語同士がくっついていて、指でたどったり、舌でころがしたりしないことには意味がつかみにくかったのが、分かち書きが広まったことにより、視覚によるパターン認識が可能になった。そこから、またたくまに黙読が流行りだしたというわけである。その結果、頁の概念も、敬虔な詠唱のための楽譜から、論理的思考のためのテキストへと転換していく。読みやすさから見やすさへと、イメージは刷新され、その末裔としてわたしたちが誕生するのである。

明るい未来が待っている

渡仏にあたって、医療制度のよくわからない国で虫歯になんてなったらいろいろとめんどうだから、歯の検診に行った。虫歯が一本見つかった。一ヶ月で治療を終わらせてほしいとお願いし、理由として渡仏の旨を伝えたら、あ、そうなんだ、と医者が軽く驚いてみせたあと、こう継いだ。

「フランスかあ。言い寄ってくる男に気をつけんとあかんで」

知り合いでもなんでもない初対面の人間にまでこんなこと言われるのか。わたしは愕然とした。というのはほかでもない、渡仏を知らせておくべき知り合いにひと通り連絡をとった際、ひとりをのぞいた男性全員から開口一番「男に気をつけろ」と言われていたからだ。自分の行動が、ここまで同じ反応を引き起こした経験は生まれてはじめてだったので、これいったいどういうことなんだろう、と状況が飲み込めないでいたところへ、まさかの一撃を食らった思いだった。

ちなみに「男に気をつけろ」という凡句を吐かなかった唯一の男性は、街金で働いていたころの上司シバさんである。大学を卒業し、さてこれからなにをしようかと思案していたとき、ふと青木雄二『ナニワ金融道』が人間を描いた面白い漫画だったことを思い出し、街金に行ってみることにしたのだ。

武富士、アコム、アイフル、レイクといった、当時の大手四社を受けるつもりはなかった。漫画に出てくる帝国金融とまではいかずとも、それを連想させる街金が狙い目である。ところが思いのほかうまくいかない。当時の京都では、四条大宮の雑居ビルに百三十社ほどの街金がひしめいていたのだけれど、求人広告を見て店を訪問すると、履歴書を渡すまえに「もしかして大卒?」と聞かれる。で、そうです、と答えると、「悪いけど、うちは大卒とってないから」と門前払いを食らう。そんな調子で、ようやく面接にこぎつけた会社で出会ったのがシバさんだった。

面接のために通された会議室では、日差しがブラインドの隙き間から差し込み、幹が三つ編みになったパキラの葉っぱの表面でバターみたいにとろけて、働きやすそうな職場の匂いをさせていた。シバさんは履歴書をながめながら、「よそも回った?」とわたしに質問した。わたしが「回りました」と答えると、シバさんは笑った。

「大卒はとってへん言われんかった?」

「はい。そういうものなんですか」

「この界隈で新卒はありえへんなあ。ただうちは先月の会議で、これからは大卒をとってこうゆう話になったばかりやって、ちょうどよかった」

わたしの担当は事務のほかに、店内および電話での顧客対応、キャッシングローンの審査、債務者への返済催促だった。はじめに申込書の虚偽の見つけ方、その次にローンの計算式を学んだ。場末の街金にはパソコンなど存在しないから、リボ払いから残債まであらゆる計算を自力でするのである。加えて顧客とのつきあいがある。法律の枠内で営業しているとはいえ貸付上限金利が年四〇%を超える時代、発狂もあれば、自殺もあるし、殺人もあった。そうした非回収の詳細は毎週明けの会議で理由と件数が共有される。殺人は大人のあいだの話ばかりでない。母親を暴力から守るために中学生の少年がクズの父親を刺し殺したときは、あの子は少しも悪くない、むしろ立派な子だ、と近所の住民が口を揃えてかばった。そうした環境下での心理的負担はそうとうなもので、在職中、わたしは二度の手術をした。二度目の腫瘍が見つかったとき、あ、これはもうだめだな、と悟った。

手術後、病院のベッドでじっとしていたら、シバさんが見舞いにきた。

「調子はどうですか」

シバさんは鶴屋吉信の紙袋を差し出しながら言った。わたしは礼をして受け取り、

「どうして寝てるのか不思議なくらい元気です」と肩をすくめた。

「まあ、そういうもんでしょう」

「この紙袋、重いですねえ」

「本も入ってるからな」

思わず紙袋を覗いた。薯蕷《じょうよ》饅頭と京極夏彦『姑獲鳥《うぶめ》の夏』が入っていた。

「講談社ノベルズ！　めっちゃ入院の差し入れっぽい！」

「せやろ。そうゆうんがええんちゃうか思うて」


——君を取り囲む凡ての世界が幽霊のようにまやかしである可能性はそうでない可能性とまったく同じにあるんだ。（中略）

――この世には不思議なことなど何もないのだよ、関口君。

（京極夏彦『姑獲鳥の夏』講談社）

『姑獲鳥の夏』は古本屋を営むかたわら陰陽師《おんみょうじ》として憑き物落としをやっている京極堂が、推理によって事件をひもときながら怪奇事件を解決する小説だ。憑き物落としといってもサイキックなことはやらない。基本は理屈によって認知のゆがみを修正し、幻想と現実との関係を交通整理して事件を強制終了的に落着させる。

退院後の再出社の日、わたしはシバさんの机のまえであらためて礼を述べ、「本、面白かったです」と告げた。するとシバさんは、「自分はあれ読んで、詐欺事件、被害者、金貸しの関係に通じるところがあると思ったなあ」と意外な感想を述べた。

「えっ。予想外すぎて意味がわかりません」

「詐欺ゆうのは一種のまやかし、虚妄の妖怪や。それに被害者が騙《だま》されて事件が起こる。で、こっちは金の回収をせなあかんわけやけど、事件の背景をバラしているとき、ああ、これ解決しながら新たな詐欺の手口を組み立て直しているなと思うことがあんねん。京極堂もまやかしを根絶するというよりも、むしろそれを理屈でバラして、現実と地続きの別のものに変えてしまう。でもうまく取り込んでしまった分、日常にひそむ非日常はヴァージョンアップしたかもわからん」

そういうとシバさんは、椅子の背もたれに身体をぐっと預け、憑き物退治のあとみたいに両腕を頭のうしろで組んでさばさばと笑った。シバさんという人間が、わたしはこのとき、ほんのすこし見えた気がした。

その後わたしは街金を辞め、環境省の外郭団体で働くようになった。でも大事にしてもらった自覚はあったし、なによりシバさんのことが好きだったので、渡仏が決まったときは連絡を入れた。シバさんは「それは素晴らしい。海外に出るのは、絶対きみに合ってると思う。きっと明るい未来が待っていると思うよ」と言い、信じられないくらい励ましてくれた。

大人の社交辞令だったのかもしれない。けれどシバさんの態度はわたしの胸を熱くさせるのに十分だった。シバさんがいまどこにいるのかは知らない。その街金が消えて、もうすぐ二十年になる。

自伝的虚構という手法

大人になってもまだ、人間という生き物は、大空から墜落する夢で毎朝目をさますものだと思っていた。

目ざめる直前までどんな夢を見ていようとも、いざまぶたがひらこうという瞬間、夢の光景がいきなり落下の場面へと変わる。で、くるくると回転しながら地面に叩きつけられ、その衝撃で目がさめる。その間、ほんの一秒あまり。それが起床のメカニズムと思っていたのだ。

生まれてこのかた、こんな目ざめ方しか知らない。だからずっと、そういうものだと素直に受け入れていて、朝が来るたび速打つ心臓を手で押さえながらも、その意味をあらためて考えてみたことがなかった。ところが結婚の準備のために、パリから里

帰りしていた折、いったいどのような話の流れだったか母に、

「そういえばさ、どうしてひとって、空から落ちる夢で毎朝目がさめるんだろうね」

と言ったら、母が驚きの表情で声をあげた。

母の言うことには、わたしは実際に生後半年で、アパートの外階段から地上に転落したらしい。また母の証言と、夢の光景とを照らし合わせてみたところ、状況が一致して、二十八年ものあいだ、そのときの転落が毎朝フラッシュバックしていたことがわかった。

びっくりである。まさかそんなことがあったとは。でもなによりも仰天したのは、この事実を知ってからというもの、落下の夢を見なくなっていったことだった。いまではもう、大空から落下する夢で起床することはない。それでたまに、自分が大切な風景と切り離されてしまった感覚に襲われている。なにしろ二十八年間も毎朝経験していたことが、言葉で解き明かされたのと引きかえに消えてしまったのだから。

忘れるというのもいろいろで、ほんとに抜け落ちたこともあれば、思い出す機会がめぐってこないだけのこともある。また赤ん坊のころの転落事故みたいに、はっきり憶えているのにそうと気づかないことだってある。それから、わざと記憶をぼかして

ることもあるだろう。これも身におぼえがある。たとえば、心の病の治療で、薬をのみながら、毎週木曜日の放課後に対面療法に通っていた小学生のころのこと。なんでそうなったかはいまでも言葉にできない。答えは手の届きそうなくらい近くにあって、というか目と鼻の先にあり、いや、それこそ舌の先に乗っかってるのに、さっぱりわからないという変な感じのまま、生きている。

いささかやっかいなのは、その思い出せない記憶、いまだ明らかでない過去が、なにかを書こうとするたびによみがえって頭を占拠することだ。まるで、まずそれを話すまではなにも書かせないぞとでもいうみたいに。頭が空白に占拠される窮屈《きゅうくつ》さったらない。でも過去は語られるために存在するわけじゃないし、語ろうとしたところでうまくいくとはかぎらない。いや、まず失敗するだろう。誰もが語るふりをして一番重要な部分を語りそこねている。なにもかもを思い出し、包み隠さず話せるようになるのは、すべてが終わったあとだけ。みんながいなくなってから、ようやく戦場での「ある出来事」について語り始める兵士たちのように。

ユダヤ系グアテマラ人として生まれ、内戦を逃れて十歳でアメリカに移住し、工学系の学位を取得するも祖国グアテマラに戻り、大学で文学を教えながら執筆活動に入った作家エドゥアルド・ハルフォンは、実際にあったことと可能性としてありえたことを織り交ぜるオートフィクション（自伝的虚構）という手法で、自らの複雑なルーツとアイデンティティを探究することで知られる。オートフィクションとは、自分という解読しがたい図形を解くために、事実のなかに仮想の補助線を引いてみる、そういった思考スタイルだ。短篇集『ポーランドのボクサー』はどれも少数派として生きるひとびとと主人公との交流を描いており、所収の一篇「彼方の」は、大学で文学を教える「私」ことエドゥアルド・ハルフォンが、有象無象《うぞうむぞう》の学生のなかに、感受性豊かな十七歳の少年フアン・カレルを認め、心うごかされるシーンから始まる。奨学生であるフアンは、スペイン語とカクチケル語で詩を書いていて、自作の詩を「私」に見せる。

タイトルは？　と私は尋ねた。無題です、僕はタイトルを信じていないので、と彼は答えた。タイトルは必要悪だよ、フアン。そうかもしれませんけど、それでも信じません。ここで彼は一呼吸置いた。あなたと同じですよ、ハルフォン、とからかうような笑みを浮かべてファンは言った。あなただって人の肩書を信用していないでしょう。参ったな、と私は言い、煙草の火を消しながら、ほかにも詩はあるか、もっと書いているんじゃないかと尋ねた。ファンはカップにまだ息を吹きかけていた。こちらを見もせずに、その詩はあの日書いたんです、先生の授業で、先生がポーの話をしている最中に、と答えた。彼は、たとえどこにいようとも、何かとても強いものを感じたときには必ず詩を書く、でもその詩はそのとき感じたことではなく、かなり違ったことについて語っているのだと言った。

（エドゥアルド・ハルフォン「彼方の」『ポーランドのボクサー』所収、松本健二訳、白水社）

あたかも文学をわかっているかのような顔をして講義をしている「私」は、はじめてファンを認めたとき、その名状しがたい存在感に動揺し、「私は彼の意見にこめられた形而上学的、美学的含意について、ファン・カレル本人ですら気づいていないであろうあらゆる派生的解釈について考えた」などと相手に対して上からの構えをとってしまう弱さを抱えている。だが同時に、文学における真実は批評ではなく実践にあるといった思いも強く、自分のなかにあるファンへの畏怖を認め、親しくなることによろこびを感じ、彼が大学を辞めたと知ったときは心配でたまらず、住所も番号もわからないまま先住民の村まで彼をさがしに行く。「私」には、先住民の言葉で詩を書く少年のまなざしが、少数派的状況を生きる自分のさがしているものを知るように思われているのだ。

このファンにまつわる出来事こそ作家ハルフォンの見たまぼろし、すなわち現実という捉えがたい図形のなかに引いた仮想の補助線に違いない。そう思ってわたしはこの小説を読んだ。しかし物語は答えに至るわけではない。なぜなら物語るとは、問いそれ自体をますます深く掘ることだから。彼方の——この言葉の先には、語りえない空白が永遠に横たわっている。本を両手にひらき、なにものかへ向かって怒りから微笑へと表情を転じさせるファンをながめていたわたしは、忍び寄る夜のなかで、なすすべもなく佇むしかなかった。「私」ことハルフォンもまたそうだったように。

ゆったりのための獣道

学校に通っていたころのきもちはもう忘れてしまった。ただ事実のみをながめるかぎり、通うのにとんでもなく苦労していた形跡がある。

ふつう世間で学校に行けないというと、集団における人間関係の難しさとか、教育制度への疑念といった話がよく出てくる。でも自分の場合、集団行動の意味は学んでおいて本当によかったし、教育制度に至っては御神札《ごしんさつ》に「義務教育」と筆書きして神棚に祀《まつ》り、朝な夕な手を合わせて拝んでもいいほど恩義を感じている。もしも日本に義務教育が存在せず、ただ好きな本を好きに読んでいただけだったら、自分がいまのように言葉をあやつることができなかったのは明らかだからだ。正直わたしは、いまだに日本語が「自然なもの」としては身についておらず、ものを考えるときは、まるで外国語を使っているような感覚で、単語をつなげるのにひどく手間がかかる。でも四苦八苦しながらも、かろうじて運用できるのは、ひとえに日本の津々浦々にまで教育の機会が行き渡っていたおかげだ。

学校にまつわることで、わたしがうまく適応できなかったのは、生徒がぎゅうぎゅうづめになった教室という空間だった。第二次ベビーブーム生まれなので人数がすごい。しかも全教室で全生徒が同じ方角を向いて座っている。俯瞰で想像すると狂気の沙汰《さた》である。それでも義務教育のあいだは通えるときに通えば卒業できるが、高校からはそうはいかない。わたしの高校は、出席すべき日数の三分の一以上は休めなかったので、二年生は留年し、三年生も留年が決まってしまった。が、幸い気の合った物理の教師が「もしも彼女が大学に受かったら、そのときは卒業させてやりませんか」と職員会議で提案してくれて最終年は放免された。特例によって、家で自習していたことにしてもらえたのである。大学に受かり、担任の教師に呼ばれたので職員室に行くと、担任は五十冊のまっさらな問題集を机の上に山と積みあげ、わたしにしかと見せつけた。そして「職員会議で、おまえはこの問題集を一頁のこらず自宅で解いたってことになったから」とのたまい、その場で問題集を机から下げた。かたじけないことである。その後は、京都の大学に入ったものの四年間で三十単位しかとれず、残りの百余単位のためにまた留年をくりかえし、パリの大学院では最初の授業で小教室の戸をあけ、そこに五人ほどの学生がいるのを目にしたとたん、教室という空間がだめだった記憶がわっとよみがえって自滅した。

いまでも基本、身のまわりがゆったりしていないと調子が出ない。アパルトマンの狭い階段で、背後からだれかが近づいてくると絶体絶命の気分になるし、エレベーターのなかにいると緊張で判断力がぐっと落ちるのがわかる。とりあえず家のなかは自由にできるのでいろいろ工夫している。

と、ここまではめずらしくない範疇《はんちゅう》だろう。ここから先は、もしかすると変わっているかもしれないが驚かないで聞いてほしい。

俳句を始めてから、たまに日本に帰国するようになったのだけれど、日本に滞在していて苦痛なことのひとつに「日本と自分とのあいだの時差が消える」というのがある。ふと「いまわたしのいる場所は十二時だけど、いったい日本は何時だろう？」と考えたときに、日本も十二時だというのがものすごくしんどい。自分という時空と日本という時空とのあいだにずれがない、寸分の隙もなく重なっているというのが息苦しいのだ。フランスにいると夏は七時間、冬は八時間の時差があるので、とても安心して生活できる。

こういった体感は、思えば子どものころからあった。古典が好きなのも、そのせいかもしれないと怪しんでいる。なにせ座右に古典のある生活とは、時間的な距離のある二点を同時平行で生きることだから。また漢詩が好きな理由も、この問題と無関係とはいえない気がする。漢詩を読むのは、ほかの外国詩を読むのとまったく体感が違う。平安時代からこのかた、日本人は読み下しで漢詩を楽しんできた。それは日本人にとっての漢詩が、目で見ると定型詩であると同時に、声で聞くと「琴詩酒《きんししゅ》の伴、皆我を抛《なげう》ち／雪月花《せつげつか》の時、最も君を憶《おも》ふ」（白居易「殷協律に寄す」）とか「時に感じては花にも涙を濺《そそ》ぎ／別れを恨んでは鳥にも心を驚かす」（杜甫「春望」）といった自由詩だったことを意味している。この「視覚的にととのった定型詩」と「聴覚的にくだけた自由詩」とのアンサンブルを体験するときの、ひとつの型に押し込まれない感覚がわたしにはすがすがしい。

また詩形の二重性に加えて、漢詩は「見ているのは中国語」なのに「聞こえてくるのは日本語」といった言語の二重性も備えている。中国語に目を凝らし、日本語に耳を傾け、視覚と聴覚が同時に別の言語に接触しながら詩を読むというアクロバティックな体験は、現実世界と仮想世界を往来するかのような快楽をもたらしてくれる。

えっとなんだっけ。そう、ぎゅうぎゅうづめの教室が苦手だった話。そこからゆったりした本の話に転じようと思っていたのだ。ゆったりといっても、スローライフの本じゃない。殿山泰司『ＪＡＭＪＡＭ日記』である。文章の外見と内実との振り幅が大きく、見晴らしがとてもいいのだ。

月　日　正午から〈マールイ〉でケイコや。宇野先生を囲んで正式な読み合せをやる。じんわりとしぼられる。オレなんか昭和１５年に新劇をやめて自分勝手にやってきたから、しぼられるのはクスリだぜ。ありがたいことです。セリフをおぼえなければならず、立ちケイコにもなったりするので、当分は好きなミステリも読んでられねえな。そのシナリオの賞金が５００万円というので、あわてて森村誠一「人間の証明」を読んだけど、あわてることはねえか、これは小林久三「灼熱《しゃくねつ》の遮断線」もそうだったけど、何となくネバネバした感じのミステリだったたな。このネバネバした感じという意味がわかってもらえるかしら？　メグレ・シリーズ⑦の「モンマルトルのメグレ」は、やっぱりヒイヒイと読ませてくれるなア。このストリップの踊り子が殺される事件の間、パリはずうっと雨でありました。

（殿山泰司『JAMJAM日記』筑摩書房）

ちょっとした悪漢文体である。けれども殿山は自分に酔わない。ぶらぶらしているようで、しゃんとしてる。冗長なのに、駄弁がない。愛嬌があるけど、なれなれしくない。そしてなによりすごいのが、その無造作な筆捌きのたしかさ。行き当たりばったりの筋をさもいい感じに結ぶ。さながら勢いで弾き散らかして、最高のタイミングで落とし前をつけるジャズみたいに。

そんなわけで、「なんてこった。こんな手練《てだ》れだったのか！」と痺れてしまい、すらすら読み終えてしまうのが忍びなく、じっくりと、ゆっくりと、その魅力を堪能しながら読み進めた。そして残すところあと数頁というところまで来たものの、もったいなくてそこから先を読む気になれず、ずっとそのままになっている。

翻訳と意識

ふだん漢詩をいろんな詩形に訳して遊んでいる。

翻訳にあたっては、もとの詩がどういった制約で書かれているのかを発見することが大切だ。読んでいると、この詩はかわいいなとか、理屈っぽいなとか、散文っぽいなとか、とにかくなにかを感じる。で、そこから、訳すときのルールについて思いめぐらしてみる。この主題で、この演出で、この訓読だったら、こういった旋律や構成に変奏できるというのをぱっと直感して、それを日本語という楽器で自分なりにプレイしてみるのだ。これは短歌がいいなとか、都々逸っぽいねとか。俳句、連句、もちろん自由詩にもする。難しいことは考えない。もともと根っからのプレイヤーだし、実際の音が出せてなんぼだと思っているから。もちろん他人の訳も参考にする。

秋浦歌　李白

白髪三千丈、縁レ愁似レ箇長、不レ知明鏡裏、何処得二秋霜一

わが黒髪《くろかみ》もしら糸の
千《ち》ひろ〳〵に又千《またち》ひろ、
うさやつらさのますかゞみ
いづくよりかは置《お》く霜《しも》の、

訳者は忍海和尚《にんかいおしょう》。千が三つで三千だ。三千丈という有名な決め台詞をきちんと訳した例をそれまで見たことがなかったわたしは、そういえば十六歳のことを二八《にはち》と言うよなあ、今度から数字が出てきたら分解できるかどうか考えよう、と心に決めた。忍海和尚の訳は、大庭柯公《おおばかこう》『其日の話』にあった。柯公といえば、なんどもロシアで逮捕投獄され、日本社会主義同盟の創立にかかわったエスペランティストで、一九二四年にロシアで死亡したのだけれど、近年これは粛清《しゅくせい》されたと考えられている。柯公がエスペランティストになったのはインターナショナルとのからみよりも、むし

ろ生来の言葉好きが関係している。

近頃《ちかごろ》帝國《ていこく》ホテルでは、日本風《にほんふう》に翻譯《ほんやく》したメニューを時々出《ときどきだ》す。それにはアスパラガスを「新《しん》うど」としてある。中央亭《ちゆうあうてい》の方《はう》では、それが支那風《しなふう》の翻譯《ほんやく》だ。露國式《ろこくしき》ザクースカの事《こと》を「前菜《ぜんさい》」、スープが「濃羹《のうかう》」に「淡羹《たんかう》」、アイスクリームが「乳酪冷菓《にうらくれいくわ》」と云《いつ》たやうな鹽梅《あんばい》だ。翻譯《ほんやく》といふことも廣《ひろ》い意味《いみ》で云《い》ふと文《もん》字《じ》の翻譯《ほんやく》から、意義《いぎ》の翻案《ほんあん》までを含《ふく》んでよからう。例《れい》の發明翻案《はつめいほんあん》の天才平賀《てんさいひらが》源《げん》内《ない》が、或時厚紙《あるときあつがみ》を三角《かく》の袋《ふくろ》にして、その中《なか》へ糊《のり》を入《い》れて、一方《はう》に小《ちひ》さな穴《あな》をあけて、押《お》し出《だ》して使《つか》ふ萬年糊《まんねんのり》を想《おも》ひ着《つ》きそれに「オストデール」といふ名《な》を着《つ》けて、賣《う》り出《だ》させた。荷蘭《オランダ》もの〻渡来《とらい》、西洋《せいやう》もの〻流行《はや》り始《はじ》めたアノ頃《ころ》としては、好個《かうこ》の翻案《ほんあん》である。誰《た》れが言《い》ひ出《だ》したことか、袴《はかま》のことを「スワルトバートル」など〻洒落《しやれ》たのも、此邊《このへん》からの重譯《ぢゆうやく》であらう。

（大庭柯公『其日の話』春陽堂）

こうした発明翻案などは、柯公がいかにも好きそうな話である。ちなみに大庭柯公というペンネームは「大馬鹿公」のもじり。フランス語風にいえばマルキ・ド・クレタン。どことなくフランソワ・ラブレーの香りがする名前だ。

翻訳にまつわる発明もいろいろある。たとえば漢文訓読は古代からの長い歴史のなかで生まれた即席《インスタント》翻訳法、いまでいう機械翻訳に相当するシステムだが、わたしが訓読法を意識するようになったのは、森鴎外が西洋の詩を翻訳するとき、まず漢訳の見本をつくってからそれを和訳していたのを知って、それが鷗外のオリジナルな方法なのかどうか知りたくなったのがきっかけだった。調べてみてわかったのは、漢文訓読法をオランダ語に応用した「蘭化亭訳文式」という前野良沢の欧文訓読システムがあったこと、さらに森岡健二『欧文訓読の研究:欧文脈の形成』を読んで、いろんな外国語が一気に日本におしよせてきた江戸末期、訓読法およびその文体が、原典である漢文から分離独立して、いきなり独自に活躍しだすといった現象が起きたことを知った。

近代日本の夜明けを生きた知識人たちは、西欧の言語を訳すとき、漢文訓読の経験を存分に活かし、まず原文の一語一語に対応する訳語(漢語)を当て、次にその訳語に漢文式の訓点をほどこし、さらに日本語の語順に並べかえて訓読体で書き下すといった人工知能的解析でそれに挑んだ。その結果「民主」だの「経済」だの、続々と考案される新しい漢語が日本語をいっとき混乱させはしたものの、いつしか社会に受け入れられ、自然化し、漢文訓読体は近代日本の代表的な書き言葉となるところまで大躍進する。もともとはあくまで原文を正確に反射した青焼き、いわゆる仮象にすぎなかった文体が、西欧の言語に対処するための雛形とされ、あちこちに駆り出されて活躍しているうちに、原典のアウラなしで自己を生命化するに至り、ついに明治時代の普通文として公式の場で採用されるまでになったのだ。

それはそうと、わたしは漢詩を読むとき、文字の順序をあまり入れ替えず、なんとなく上から順に訳しつつ読んでいく。自分では「訳し読み」と呼んでいるのだけれど、こういった「読みがそのまま訳として現象する」読み方は、かつてはありふれていた。漢文はもともと書記言語であり、どのように読むかは各自にゆだねられていたのだ。にもかかわらずこの「訳し読み」が廃れた理由は、齋藤希史《さいとうまれし》『漢文脈と近代日本』によれば、江戸後期に学問が制度化され、藩校や寺子屋で素読教育が始まったからである。素読というのは漢籍の暗誦のこと。暗誦という教育スタイルになると、読み方を統一しないと成績の評価ができない。そこで読み下しの正解がひとつに統一された。素読教育が始まるまでは、「百聞不如一見」という漢文は、「百たび聞くはひとたび見るにおよばず」と訓読しても問題なかったものを、「百聞は一見に如かず」が正しいことに決めましょう、といったふうに。

訓読はもともと解釈のための技法だから、漢語を和語に直し、細部を調整して読んで当然だったのが、それがだめということになった。つまり訓読が意味を解釈する体験ではなく音声を暗記する体験へと変わった。この素読教育によって、一回ごとに更新されるような豊かな訓読体験は完全に否定され、訓読とはあたえられた読み下しを読む行為になったのである。ここで非常に興味深いのは、和語から切り離された意識の装置を普及させるために行われた方法が、筆記ではなく暗誦、つまり身体学習だったことだと思う。どんな意識のあり方も、身体に刻み込まないことには始まらないのだろう。

空気愛好家の生活と意見

はじめて空を飛んだひとは、すごい。

でも、空から飛び降りたひとはもっとすごい。

なにかというと、パラシュートである。途中まで自由落下して、てきとうなところで紐を引き、パラシュートをひらく。いやもう。アナーキーかつクレイジーな空気利用法すぎる。パラシュートのかたちというのがまた、クラゲっぽくていい。空気がアナーキーかつクレイジーな発想とつるんだ瞬間、それがクラゲそっくりのかたちに結実するという事実は哲学的ですらある。

ところで、この「手動開傘式パラシュート」という素晴らしい道具を考案したアーヴィング・エア・シュート・カンパニーが、いったいなにを思ったのか、空気圧構造の住宅をつくり、一九五七年の万博に出品したことがあった。

もっともパラシュートの専門家たちが集まったところで家はできない。なのでフランク・ロイド・ライトに構造を依頼した。ときにライトは九十歳。最初期の空気圧住宅にフランク・ロイド・ライトがかかわっていたというのは趣浅からぬ話だ。このデザインを始祖としてヒッピー・モダニズムの作品やユートピア的建築実験が、いろいろ発生したんだなって思うと、なおさら。

一九七〇年の大阪万博も、自分のような空気愛好家にとっては、うきうきする建築がひしめく夢の祭典である。なかでも村田豊設計の富士グループ・パビリオンは単純さ、大胆さ、そして色合いが晴れやかな空気膜建築だ。

太陽工業の回顧録によれば、当時の建築界はまだコンピューターの時代に追いついておらず、村田のスケールモデルの複雑な輪郭を設計図面に落とすことが誰にもできなかったらしい。それをカーデザイナー出身の沖種郎《おきたねお》が「数学的な計算の枷を捨て去り、自動車のデザインで用いられている図学の視点からアプローチすればできる」と直観し、不眠不休の末やりとげたそうである。よくわからないが、ものすごい話だと思う。図学よ、ありがとう。

ついでに書くと、わたしはこのパビリオンの建築形式であるエアビーム（AirBeam）構造というのをエアビーン（AirBean）構造だと思いこみ、お菓子のゼリービーンズに似ているからそう呼ばれるのだとずっと信じていた。それでなんの不都合もいままで生じなかったのだから、えらいものである。

いつだったか、ちょっとした暇つぶしで、もしも「史上もっとも空気を使いこなした小説選手権」を開催したら、いったいどの作品が頂点に立つかという、実にくだらないことを考えてみたことがある。世に隠れている空気愛好家の面々は、それぞれに推したい作品があるだろう。わたしの選んだ第一位は『小遊星物語』だ。作者はパウル・シェーアバルト。ブルーノ・タウト「ガラスの家」に影響をあたえた『ガラス建築』の作者として広く知られる、世紀末からベル・エポック期に活躍したポーランドの宇宙造形家だ。そのシェーアバルトが『小遊星物語』で、「夜の風船果実」という植物をこんなふうに描写している。

そこに光っていたのは、ヌーゼの灯台群ばかりではなかった。樹という樹が果実や花のかわりに大小の風船をつけていて、これが昼のあいだこそだらりと無気力に吊り下っているものの、夜ともなれば大きく膨らんだその燐光色に発光する色彩を夜のふところ一面に撒き散らすのだった。

（パウル・シェーアバルト『小遊星物語』種村季弘訳、平凡社）

バルーン・フルーツ。ポーランド語でなんというのか知らないけれど、なんともおいしそうだ。空気膜の柔らかさや、光が透ける性質の活かし方がさりげなく、風船の膨らみが昼夜で変化するところも芸が細かい。この小説には「風船嚢」という眠りのための道具も登場する。

眠りに入る前に、パラス人は背中のうしろに、ある皮膚組織をこしらえた。それは疲労の訪れとともに左右に拡がって、軀の上のほうでぴったりと閉じ合わさり、こうして睡眠者の軀がいわば巨大な縦長の風船嚢《のう》のなかに入り込んでしまうのだった。

（同前）

風船嚢に包まれたパラス人たちの姿は、まるで子宮内の胎児のようだ。寝心地はどうなのか気になるところ。空気膜が体に均一な圧力をかけて、体の各部位を支えるとともに、体圧分散を実現することで、快適なポジションで眠ることができるのだろうか。それから「気泡煙草」という嗜好品について。

この風船嚢のなかでパラスの住人たちは気泡煙草を吸った。煙草は左の腕から生えていて、根の一端が口のなかに挿し込まれている。そこで口が気泡煙草のかぐわしい香りを吸い込むと、ややあって鼻と毛穴から小さな気泡群が抜けて、これが風船嚢のなかでみるみる大きくなり、風船嚢の天井に貼りついてしまう。気泡は軀を洗滌し——そして光を発する。

パラス人は眠るときにはもはや発光しない。

（同前）

このパラス人たちが気泡煙草を吸う光景を、わたしは夢で見たことがある。
そこは夜のジャズ・クラブで、彼らの腕は楽器だった。そして気泡がサックスのような音色を奏でていたのである。

夢のなかでは、煙草の気泡が風船嚢からそっと漏れ、メロディーをくゆらせながら客席を心地よく流れていた。それは、聴いている客たちが思わず気化してしまいそうになるほど甘く儚いメロディーで、おそらくパラス人はその官能を、気泡の舌ざわりとともに愛しているのだと思われた。

自分の口で気泡煙草が吸ってみたくなったわたしは、ひとりのパラス人の風船嚢がひらいた瞬間、その左腕をつかんだ。

だがその瞬間、はぐらかすかのようにパラス人の腕から気泡があふれ、泡だらけになってしまった。

わたしの日本語

十年あまり、本を読まずに過ごした。そしてとつぜんその日々が終わった。一冊の句集に出会ったのだ。高山れおなの私家本『俳諧曾我』である。たまたまネットで発見し、伊野孝行の装画に惹かれ、美術品として注文してみたら、これがものすごく肌に合った。なかでも中国最古の詩集『詩経』の翻案を試みた連作「三百句拾遺」の換骨奪胎っぷりがくらくらするほど魅力的だった。

甫田　ひろいたんぼ
古米《ひねごめ》やひそかに混じる霊と雲

（高山れおな「三百句拾遺」『俳諧曾我』、書肆絵と本）

全体として、どの語も座りがいい。「ひねごめ／ひそかに」の連鎖で韻律をととのえたり、水にまつわる部首をふくむイデオグラム「混／霊／雲」を揃えて人為の奥に自然の地層を隠したり、字のフォルムおよびイメージが似た「霊と雲」を並列して下五をトリックアート的におさめたりと、漢詩のごとき均衡を保つよう、十七音の宇宙が肌理こまかく考え抜かれている。しかもこの句の美しさは審美的な域にとどまらない。というのも高山は、秋の収穫を謡い上げる『詩経』の原典を、それと真っ向から対立する「古米」の語で理知的に迎え撃っているのだ。

「古米」とは神に捧げるものではなく民が食べるものである。当時の社会において農民は耕す機械でしかなかったのだ。もちろん、農事詩「甫田」の原詩は四言特有の大らかな慶事性や牧歌的な包容力を具えた佳品ではある。しかしながらそれはあくまでも形式上の品格であり、読者はこのにぎにぎしい祝祭詩において讃えられる「我田」がまごうことなき公田であり、またもてなされるのがほんものの農神ではなく、その「曾孫」と称される為政者でしかないことを決して見逃してはならないだろう。仮に高山の選んだ語が「古米」ではなく原詩のイメージを素直におぎなう「新米」だったとしたら、個々の人間のもつ体温や俗なる生に宿る霊性はこの句から喪われてしまったに違いなく、もはや作品は記憶にも歴史にも無関心な言祝ぎ、神格化された虚像をのびのびと尊ぶ無邪気な精神と判別のつかないものとなったに違いない。

ほかにも「豊年」が「姉いつまで地に醴《あまざけ》を流す旅」に化け、「汝墳《じょふん》」が「葱喰ふやふと夕暮れは赤尾敏」に化けといった具合で、連想の赴くままを装いつつ彫琢をきわめた高山の書きぶりはとどまるところを知らなかった。ことに「汝墳」の句、なぜ赤尾敏が登場するのだろうと思いつつ朱熹《しゅき》の注釈をひらくと、そこに「魚労則尾赤」との記述があり、なるほど、ここからの遊びだったのかと恐れ入った。

いま思うとうそみたいな話で、われながらびっくりしてしまうけれど、読書から遠ざかっていた時間が長すぎたせいで、本というのは作者に黙って勝手に読んでかまわないってことを、そのころのわたしはすっかり忘れていた。それで「読んだからには感想を伝えないと」と重い腰を上げ、この句集の刊行が告知されていたウェブマガジン『週刊俳句』に感想を送った。その数ヶ月後、ふと本人に会ってみたくなって、高山が審査員をつとめる攝津《せっつ》幸彦《ゆきひこ》賞に俳句連作を応募した。これで賞をもらい、原稿依頼が舞い込んで、わたしは慌てて俳句を書きはじめることになった。

そんないきさつだから、はじめは俳句を書くことに正直あまり興味はなかった。ところがやってみると、もしや運命だったのではと錯覚してしまうくらい性に合っていた。もちろん錯覚は錯覚、事実はたんに機が熟したにすぎない。わたしはフランス語の社会に生きることで、おそらく無意識のうちに、日本語とふたたび向き合うきっかけをさぐっていたのだろう。

でもそれは日本語が懐かしくなったわけでも、その美しさに気がついたわけでもない。わたしにとって日本語はそうした居心地のいい故郷ではまったくなかった。和文脈、漢文脈、欧文脈、そして世につれて姿を変える口語がもつれあうそれはあやつるのが難しく、フランス語よりもはるかに強い知的緊張を強いられるし、字面は漢字、ひらがな、カタカナとごちゃごちゃしているし、かな文字は縦書きにすると上から下へとたえまなく流れ落ち、言語の屹立を否認しつづける。しかしながら、日本語の論理や表記の上を幾重にも走るその断裂は、わたしの心と体を走る断裂でもある。わたしが向き合いたくなったのは、その消え去ることのない傷あとだった。

コンゴ共和国に生まれ、フランス語で書く作家アラン・マバンクが、コレージュ・ド・フランスでおこなった講義でこんなことを言っている。

ルワンダ・ジェノサイド以後に書くことが、一九九〇年代末から今日までのアフリカ作家の立場を何らかのかたちで再考することであるとはいえ、こうすべきだとすることを行動命令のように書くべきかどうかが問われているのではありません。そんな命令は作家の想像物《イマジネール》の自由を台無しにしかねないし、作家を四六時中報告兵の役割にあてがいかねません。(中略)

ルワンダ・ジェノサイド以後に書くことは、フランス語で表現されたアフリカ文学が、その起源からして、異議申し立ての高揚によって突き動かされていたと自覚することです。それぞれが自らのやり方で、自らの声でもってそうしているが、それでもみな同じ方向を向いているということです。それは黒い大陸に尊厳を再び与えるような方向です。だからといって付和雷同のアフリカニズムに傾けと言っているのではありません。なぜなら世界もまた開かれており、豊かな交差や出会いがあるからです。

(アラン・マバンク『アフリカ文学講義　植民地文学から世界-文学へ』中村隆之・福島亮訳、みすず書房)

異議申し立ての高揚。この表現に自分の心は共鳴する。前へ進むたびにおのれを切り裂き、異物を縫い込み、消え去ることのない大きな傷あとを抱えて生きのびてきた日本語。わたしはその落とし子であり、それとそっくりな姿に育った。わたしはそれを愛しつつ、愛しきれない。それなくしてわたしは存在しない、それこそがわが血であり、骨であり、肉であるとわかっているのに。そんな日本語との対峙にわたしは「異議申し立て」という言葉を掲げたいのだ。

いまのわたしは、俳書をひらき、芭蕉の時代の俳諧師たちが和歌、漢詩、連歌に学びながらもそれら「正統」に拮抗すべく奮闘した軌跡を見るたびに愉しい。そしてまた日本語と向き合い、その傷から生まれるリズムやヴォイスを書きとめる時間は、わたしにとって海と同じくらい親しい。

ブルバキ派の衣装哲学

この町の大学の本拠地には、デュドネ数理研究所という、国内でもっとも大所帯のブルバキ派の組織がある。

そこに、燕尾服にシルクハットといった風采で日々出勤してくる数学者がいた。一般に数学者とは変人たることがひそかに歓迎される稀有《けう》な職業だが、その男性の姿も衆目の期待にたがわず、もはや有り難みの域に達していて、大学のキャンパスで見かけると、その日一日アタリを引いたような気分で過ごせる。

ちなみにどうしてわたしがキャンパスにいるのかを念のために説明すると、そこがヴァルローズ城を中心とする公園だからだ。日本でもかつて金沢城の城内に金沢大学があったが、それと似たようなものである。公園にはカササギ、ヤツガシラ、セキレイ、タヒバリ、ハゲワシ、カワセミほかさまざまな鳥が巣を築いているのでたまに見にいく。さらになぜ燕尾服の人物が数学者であることがわかるのかというと、彼がうちの夫の同僚だったからだ。
ある日も樹々のあわいを縫って散策を楽しんだあと、研究棟近くの休憩室で一息ついていたら、ふと背後に気配を感じた。振り返ると、件の数学者が立っていた。なんという奇遇だろう。わたしの視線は吸い寄せられるようにその姿を追った。どうやら一服するつもりらしい。数学者はコーヒーマシンに近づくと一杯のカプチーノを淹れ、紙コップ片手にわたしの隣に座った。そのとき、シルクハットの鍔《つば》を押さえて、軽くこちらに一礼するのを忘れなかった。この状況で話しかけない理由はない。

「とても数学者らしい、素敵な服装ですね」

わたしは言った。すると男性は「ありがとう」と微笑み、こう付け足した。

「実はそれらしくみえるように、こうやって型から入ってるんです」

帰り道、自家製のラワシュを切らしていたことを思い出し、近くの店で袋入りを買った。家に着いて、手を洗って、キッチンに向かった。冷蔵庫からおろし玉ねぎとクミン入りのヨーグルトでマリネされた烏賊《いか》の串を取り出し、フライパンに熱を入れ、焼きながら思った。ああ、さっきはびっくりした。あんなにすんなり種明かししてくれるとは。それにしてもふつうのひとだったな。でもわかる。思索を深めるとき、変身で気分を高めてそれに近づこうとするのはまったく奇妙なことじゃない。

トマトと玉葱を薄切りにして、洗いたての野萵苣《のぢしゃ》と一緒に大皿に盛り合わせ、ヨーグルトに塩とニンニクを足したソースをまぜていたところへ夫が帰宅、焼きあがった烏賊を串からはずして皿に盛り、テーブルをととのえて夕食である。ケバブを手巻きでこしらえながら燕尾服の男性の話をすると、夫は「そういえば」と話をついで、

「同僚から教えてもらったんだけど、デュドネ数理研究所のデュドネってひとは『ブルバキ右派』って言われてるんだってさ」と言った。

「へえ。どのへんが」

「自分の名前のついた研究所をつくってしまうところ」

そう言われてみれば、たしかにブルバキ派らしくない行動かもしれない。フランスの若手数学者たちが集って「ニコラ・ブルバキ」という名の架空の数学者をでっちあげ、その署名で『数学原論』を共作した背景には、知の所有の否定や権威への反逆の意味合いがあったのだから。

「なるほどね。ちなみに極左はいるの？」

「デュドネの生徒だったグロタンディークじゃない？」

アレクサンドル・グロタンディークの本は二度目の高二のとき、自叙伝『収穫と蒔いた種と：数学者の孤独な冒険』を読んだことがある。みんなが修学旅行に行っているあいだ、居残りのわたしは学校から図書室での自習を命じられ、とはいえ監視する教師もいないので本棚をのんびり物色していたら、グラシン紙のかかった美しい初版本を発見した。大いに期待してひらいてみると、すみからすみまでまわりくどい稀に見る悪文だったが、わたしは悪文が嫌いではないので、頁をめくって意味の通るところを見つけては楽しんだ。


神は世界を発見するにつれてこの世界をつくった――あるいはむしろ神は世界を発見するにつれて、この世界を絶えず創っている――そして神はこの世界を創るにつれて、それを発見している。神は世界を創った、そして毎日毎日休むことなく、何百万回とやり直しながら、手探りしながら、何百万回となく間違っては、疲れを知らず、判断の誤りを修正しながら世界を創っている…。

（中略）私の数学研究のスタイルそのもの、あるいはその「性質」、あるいはその「やり方」に戻りますが、それは、以前と同じく、今も、神自身が、いつかはわかりませんが、多分私たちが生まれるずっと以前に、私たちひとりひとりに言葉を用いずに教えたままのものです。**神をみならってやっています。**

（A・グロタンディーク『数学者の孤独な冒険　収穫と蒔いた種と』辻雄一訳、現代数学社）

グロタンディークは自己完結的であると同時に自己矛盾的である。もちろんそれは、あくまでもわたしたちの視野が限られているからそう見えるのであって、実際のところ彼は神と相互に作用し、かつ相互に包含しあっているにすぎない。

グロタンディークはアウシュヴィッツ強制収容所で父を失い、みずからも収容所からの脱走、潜伏生活、貧困を経験したのちに数学の道に入った。そして一九六六年、代数幾何学にかんする業績でフィールズ賞を受賞するも、一九七〇年、国防省から研究所への資金提供に抗議して高等科学研究所を去った。そのあとは反軍国主義と環境保護にとりくみ、クラフォード賞の受賞を拒否、一九九一年以降はピレネー山脈のふもとの小さな村で隠者の生活を送った。

ここまでの経歴だけを見ると、たしかに左派っぽいかもしれない。ただしグロタンディークが、この本を書き上げたのちに、数学的証明によって神が存在するという結論に達していることを無視はできまい。実際その後の行動は、極端な禁欲生活を送って飢餓におちいったり、死の一歩手前まで断食を続けたりと、左翼というよりむしろヒューマンスケールの価値を否定する——当然「私」の表象をも否定する——神秘主義者に近かった。

ともあれ、真理の探求者が、身体を変容させることで、見えないものが見える精神状態へと自分をもっていこうとすることになんら不思議はない。またその手段が断食ではなくコスプレで事足りるのであればそれにこしたことはない、と思いたいがどうだろうか。

わたしは驢馬に乗って句集をうりにゆきたい

俳句を始めて、もうすぐ二年になろうというころ、句集をつくってみたくなった。

二、三の出版社に連絡し、ソフトカバーで、二百頁の本の見積もりを出してもらうことにした。すると思ったより高い。それで百六十頁で出し直してもらったところ、今度はまずまずの金額になった。

よし。これならいける。

わたしは句集五百冊分の製作費を、銀行から丸ごと借りることにした。返済は毎月。期間は四年である。

十ヶ月後、完成した句集『フラワーズ・カンフー』が届いた。

「僕の机の下に置くといいよ。僕は食卓テーブルで仕事するから」

そう夫が言った。そうか。よく考えたら、狭い我が家には、句集を保管する場所がなかったんだ、とわたしは気がついた。

それからまたしばらくたったある日、ベランダの窓硝子を拭いていたら、夫の机の下を占領している句集の山が目に入った。

その瞬間、その山を売り捌いてみたくなった。

この「句集を売りたい」という感情は「句集をつくりたい」と思ったときよりもはるかに直感的だった。わたしはただ売買という行為をしてみたくなったのである。もしかしたら人類には、山積みになったものを見ると、それを交換の種としてうごきだす習性があるのかもしれない。

とにかく『フラワーズ・カンフー』を売りはじめたのは、わたし自身にとっても思いがけないことだった。だから「句会に出た経験もなければ知り合いもわずか、SNSもせず、しかもフランスにいるのにどうやって売るのか」といった現実的な問題は頭の片隅にも浮かばなかった。

売り方はこうだ。まず「本屋さん・素敵」でネット検索して、大まかな書店リストをつくる。次に各店のオンラインショップや検索画像を見て、扱っている本の傾向を確認する。で、そこから具体的な交渉先を絞り込んでメールを出す。内容は、①『フラワーズ・カンフー』の基本情報、②著者による紹介、③出版社による紹介、④著者の活動、⑤販売条件、⑥現物写真。もっとも時間をかけたのは、本屋さんの特色を見極めることだ。なにせ手元の在庫が限られているから、いいなと感じた場所から順に卸さないと本が足りなくなってしまう。だから拾える情報はどんなものでも拾って、ゆっくり販路を広げるよう気をつけた。量が捌《は》ければいいという姿勢ではない。その姿勢だと東京偏重になってしまう。わたしは田舎育ちだから、田舎を無視するという発想はなかった。

はじめて句集が売れたときのことはよく憶えている。それが記念すべき第一通目の営業メールだったからだ。「小津夜景さま。はじめまして。ご出版おめでとうございます。綺麗な本ですね。うちでも一冊扱わせてください。〇〇より」ご主人からの返信はこの上なくシンプルだった。なんて素敵な文面だろう!

そのうち、本屋さんの側が「あそこに連絡してみたら?」とよその店を教えてくれるようにもなり、句集が売れるたびに「あのね、今日はこの本屋さんが買ってくれたんだよ」と、食卓テーブルで仕事をする夫に、書店のネット画像を見せた。すると夫は、すごいねえ、よかったねえ、とにっこりするのだった。

著者がみずから行商を始めるといったことは、それまでの俳句業界ではありえないことだったらしい。俳壇における句集の位置づけとは商品ではなく、基本「謹呈物」なのである。それで、のちに行商の件にかんして「週刊俳句」の著者インタビューを受けたとき、聞き手の俳人・西原天気さんが「小津さんには驢馬《ろば》が似合いますよ」と鴨居羊子『わたしは驢馬に乗って下着をうりにゆきたい』を教えてくれた。

鴨居羊子は読んだことがなかった。でも彼女の弟の鴨居玲は好きな画家だったし、その鴨居玲から苗字を借用したという鴨居まさねの漫画も、フランスに越してくるとき『秘書・恵純18歳』を持参したくらい好きだったので、もしかしたら縁があるかもしれないと思ってさっそく読んでみた。内容は、ある日とつぜん思い立って新聞社をやめた著者が、下着の会社「チュニック」を立ち上げ、ペンと紙で夢あふれる作品を描きつづけて、日本の女性下着業界に革命を起こすまでの一代記である。ただし著者の資質はすこしも起業家ではない。ものづくりが好きで、大胆で、臆病だ。会社の成功とひきかえに、多くのものを失いもする。ただ、絵を描いているときだけは、わずか一坪の会社を立ち上げたころのように自由であると感じていて、そのきもちをこんなふうに綴っている。

絵を描くときは、瞬時にして現実の刻や現実の世界はなくなった。そこには長く細い野道を、花を摘んで歩む無声映画のような刻のない世界があった。あわただしい仕事を抜けてカンバスへ向うと、瞬時にそこに菜の花やれんげ畠がひろがるのが私にはうれしかった。私は描ききれない夢想をよく夢想した。

私がいまほしいのは、近代的なビルディングでも何百坪の合理的なオフィスでもない。

海と野原に囲まれた工場で、できたての商品をロバで運んでいる自分の妙な姿だった。

（鴨居羊子『私は驢馬に乗って下着をうりにゆきたい』ほるぷ出版）

一頭の驢馬でゆく、片田舎の行商。自由とはかくも意気揚々で嬉しく、かつ端から見ると不恰好なものに違いない。

俳句を書き、それをまとめた一冊が、この手からじかに売れていったときの、あの胸躍る感覚。行商を通じて多くの書店主さんと知り合いになり、彼らの本に対する考えを聞く機会を得たことも、オンデマンド出版では叶わない、リアルの現物を背負ったがゆえの収穫だった。とりわけ本を売るひとびとが、本をめぐる工房で共に作業する同志であることをはっきりと自覚できたことで、書くということに対する意識に広がりが出た。

句集は刊行から十ヶ月で三刷となり、二刷からは自費出版でなく印税が入るようになった。その印税と、出版をきっかけに依頼が来るようになった雑誌の原稿料と、俳句賞の賞金と、手ずから売った句集の売り上げ。これらを全部足して、わたしは四年かかるはずだった借金を二年で完済した。

そういえばの糸口

句集を刊行して、エッセイの依頼が来るようになった。なにをどうやって書けばいいのかわからなかったので、いろんなことを連想して、それらを、あ、そういえば、といった要領でどんどんくっつけていくことにした。

これをわたしは「そういえばの術」と呼んでいる。

とはいえ、本当に「そういえばの術」だけでエッセイが仕上がることはない。多くの場合、無意識というのは拘束的に働くから、きままに書こうとしても、なんとなく筋が通ってきてしまうのだ。

こうした予定調和にあらがう方法はいろいろある。連句的発想もそのひとつ。連句というのは数人で集まり、五七五の長句と七七の短句をかわるがわる順番に言い合ってかっこいい巻物をつくる遊びだ。一巻をつらぬくテーマのようなものは存在しない。むしろ心象、物象、事象など、自然や人生の多種多様な相を句に描き、できるだけ変化をつくすのがいいとされる。

連句には細かい作法がたくさんある。たとえば連句の最小単位は付句（付ける句）、前句（付けられる句）、打越（前句のさらに前の句）の三句だけれど、付句と打越が似ていると単調でつまらないから、打越に出てくる概念や関連語をつかって付句を書いてはいけない。ほかにも、同じ言葉のくりかえしを避けるための一座一句だの、同種・類似の言葉が近くに来ないようにするための去嫌《さりきらい》だの、花や月の句の置きどころを指示した常座《じょうざ》だの、巻物が一個の概念や系統にとじてしまわないように全体を構成するコツがルール化されている。ここで面白いのは、こうしたルールを意識せずに句を書くと、かならず重複、反覆、停滞、同趣、同種、同景におちいることだ。人間というのは同じ話をくりかえす。似通った趣向に走る。記憶をひきずる。心とは囚われの温床、執着をその本性とするのである。しかしそれではいけない。ぐるぐると同じことを考えるな。輪廻を断ち切れ。というわけで「歌仙は三十六歩なり。一歩も後に帰る心なし」と芭蕉は説いた。

この芭蕉の言葉に、わたしはいつも万華鏡を思い浮かべる。万華鏡では、秩序は常に壊れるものとしてあり、古いかたちが壊れた分だけ新しいかたちが生まれる。すべてのビーズが流星群のようにうごき、自らを分解しながら新たな様相を生み出してゆく。きらきらと、まるで現在が終わることなく更新されていくみたいに。

別の角度からいえば、連句の魅力は、連想で結ばれた全体の背景に体系が存在しない点にある。それはそのつど湧きあがるブリコラージュ精神の産物なのだ。だから鑑賞するときも主題ではなく、一句ごとの良し悪しや、連想の筋(前句からどんな展開を引き出したか)や、句と句の関係(つながり方のかっこよさ)を吟味する。このあたり、連句は神話構造と同じく、いやそれにもまして複雑だ。なにしろ概念に帰結させることのできる現象がひとつも存在しないのだから。

しかし、である。連句の途中部分についてはそれでいいとして、それでは最初の一句、すなわち発句はどのようにして生まれるのか。

そういえば、とここでさっそく「そういえばの術」をくりだすが、ルイ・アラゴンに、みずからの小説作法について述べた『冒頭の一句または小説の誕生』という本がある。それによると、彼の小説には事前の構想が存在せず、自分自身思いがけず綴った「冒頭の一句《インキピット》」から行き当たりばったりで展開されるものだという。またその展開においては辻褄よりもむしろ語と語との、あるいは音と音との出会い、もしくは語呂合わせといった非論理的つながりを重視するらしい。

ぼくは一つのプランに、あらかじめ熟考された組立てに従って、先行する想像に形を与えるために小説を書いた――この動詞のふつうの意味で――ことは、つまり一つの物語を、その展開を秩序づけたことは、一生に一度たりともなかった。ぼくの小説は最初の文章からして、それがたまたま切替装置のように作動したので、ぼくはそれらを前にしていつも一読者のような無垢の状態にあった。まるでそれについて何も知らない一人の他人の本をぼくが開き、すべての読者のようにその中を歩きまわり、それを知るのにそれを読むこと以外に自由になる方法を知らないというように、いつもすべては経過したのである。

（ルイ・アラゴン『冒頭の一句または小説の誕生』渡辺広士訳、新潮社）

インキピットとは詩、歌、あるいは書物などの書き出し数語のことで、もともとはラテン語で「ここに始まる」という意味だ。作品に題というものが必然でなかった時代、西洋では冒頭の数語をその代わりとして立てるのが通例だった。現代では作品の内容を「象徴」する数語をもって題とするのが主流になってしまったけれど、インキピットに由来する題には、そこから始まる文字世界に生成のライヴ感や予言書めいた品格をあたえるえもいわれぬ力がある。個人的には、田園詩の題などはインキピットでないと気分が乗らない。あと歌曲も。もしもハイネとシューマンの歌曲集『詩人の恋』に象徴的な題なんかついていようものなら、ああ、わが魂のふるえが歌となっていまここにほとばしってしまったよ、といった雰囲気がまったくもって失われてしまう。また漱石の『我輩は猫である』はインキピットがそのままタイトルになっているけれど、そのおかげでこの小説の滑り出しは、可塑性や湧出感覚がいささかも損なわれていない。その点、『我輩は猫である』との関連を指摘されるホフマン『雄猫ムルの人生観』には、作品の手法の相違がその題に如実に現れている。冒頭の一句を題として起こした漱石に対し、ホフマンの方はそのタイトルが示す通り構想あっての小説なのだ。

アラゴンの本に戻ると、そこで述べられている小説作法はかなり平凡だ、ただ一点、彼が書き出しの数語のことをわざわざ「冒頭の一句」と強調していること以外は。もちろんアラゴンは、ここで「冒頭の一句」という語を従来の意味合いからずらして使用している。ふつう、インキピットとは「すでに存在する作品」を便宜的に呼びならわすためのものだから。だがここで重要なのは、生成的な作品をものするための魔法が「ぐうぜん書かれた最初の数語」に隠されていることだ。この数語は、作者がその存在を知らなかった記憶を事後的に掘り起こし、未知の世界を創り出す不思議な効果を持っている。そしてアラゴンがそれに気づいたのは、まさにインキピットという語に触発されて、その意味を展開させることによってだった。

さて。ここまで書いて、この本の担当編集者であるカゲヤマさんに送ると、「締めの段落が欲しいですね」との返信が来た。たしかに。言いたいことはわかる。しかし最後を巧みに締めると「書きっぱなし」の感じが消えてしまう。「そういえばの術」が息づく世界線においては、途中まで書き、ふとお茶に呼ばれて席を離れ、そのままになってしまったような尻切れとんぼの体裁が、わたしは美しいと思っている。

月が地上にいたころ

中秋だけど、とくにどうってこともない日。

と思いきや、なんと夫がライ麦の餅をつくってくれるという。なんというサプライズ。ラッキー。わたしのために他人がなにかしてくれるという僥倖に浮かれつつ、長椅子でごろごろしていたら、台所から焼きパンのような匂いが漂ってきた。

あれ。お餅って、つくるときこんな匂いしたっけ？　もしかしてあのひと、つくりかたを知らないんでは？

そんな疑いが脳裏をかすめた。が、下手に口出しすると料理人の機嫌をそこね、なにも食べられなくなるかもしれない。ここはじっと黙って待つのが吉であろう。

作業開始からおおよそ一時間後、ついに餅がテーブルに運ばれてきた。ライ麦の全粒粉をこねて、なにがしかのミステリアスな工程をくぐり抜け、月餅《げっぺい》型にととのえて焼いた餅であった。それが八個かさねられ、義理の母がくれた栗原はるみブランドの花のかたちの漆器に盛りつけてある。十五夜だから白いおけそくが出てくるものだと決めてかかっていた自分は驚いたものの、そのひなびた情緒は郷愁をさそい、いい意味で予想を裏切っていた。

「いただきます」

前歯を立てる。そのへんの餅よりずっと軽い。それでいて、ちゃんともちっとしている。あの、つきたての餅特有の粘り気と弾力だ。歯ごたえも悪くなかった。なによりも、ライ麦の風味がいい。ライ麦全粒粉には独特の風味がある。もぐもぐ噛んでいると、口のなかに、ブルターニュの甘い塩がじわりと広がった。

「おいしい」

「どういたしまして」

「フライパンで焙ったの？　表面がふっくらして、割れてるのは」

「焼き目つけてみた。いいでしょう」

「うん。十五夜の餅らしくはないけどね」

「なんで。月のクレーターじゃん。リアルじゃん。リアリティ出したんだよ」

十五夜の団子って月だったのか。そうかそうか。そう主張されると、餅の焼割れが月のクレーターに見えてきた。

「あのさ。このお餅の、鹿皮みたいな色も、もしやあえてのしわざなの？」

「鹿皮ってなに？　これは月の色でしょ」

やはり意図的なのか。

わたしの見たことのない月の姿を、このひとはあたりまえのように見てきたのか。

しみじみと、餅を嚙んだ。


見たことのない月といえば、レオ・レオーニがみずから精密画を描いた植物誌『平行植物』に、ツキノヒカリバナという植物が登場する。

ツキノヒカリバナは通称「夢の女王」とも呼ばれ、平行植物のなかで、もっとも気まぐれかつとらえどころのない植物である。夜間の森では、ぼんやりと浮かび上がる星雲のごとき幽霊的な輝きとしてしか、その存在を感じることができない。メッセンズの〈月起源説〉に拠れば、これらの植物は月の隕石とともに地球にやってきた。最近、マクロンⅡ号のルナスクリーンにダメージをあたえた未確認の宇宙飛行物体は、かつて宇宙輸送中に失われたツキノヒカリバナの種子が、宇宙の軌道を周回しているものとして考えられている。

ここで未読のひとのために説明すると、平行植物とは、われわれの世界と平行に存在し、われわれ自然界のルールを無視した植物群を指す用語である。平行植物は不動で、永遠で、架空の領域に生息している。つまりその最大の特徴は、それらが物質的に無であるという点にあり、またそれゆえに分類学の父リンネもうっかり見落としてしまった。それをレオーニは、その自在なイマジネーションで、アカデミアのエッセンスをふんだんに取り入れつつ、学問の世界に真剣かつ奇想天外な植物王国を打ち立てたのだ。

平行植物のほとんどは黒か色なしで、空中に消えてしまうものもある。前述の特徴から写真に撮るのはすごく難しい。また彼らの見え方は、距離に関係なくいつも同じだ。形態は原始的かつ芸術的。アルプやカルダーの作品を連想させる個体もある。でも、気をつけないといけない。ちょっとさわるだけで崩れてしまうから。

『平行植物』は学術的な体裁で記述された生態や、発見史、進化過程の謎などの検証のくだりや学会での逸話などが笑いを誘うのだけれど、ところどころに挿入された架空のフォークロアもできすぎている。

太陽と月

太陽と月は空に住むようになる以前は、地上の住人であった。彼らは農夫で、畑に世界中の植物を栽培していた。ある日、太陽はどこにいても自分の方を向く花を作った。月はこの花を見てうらやましくなり、どうしても自分のものにしようと思い、夜のうちにそれを盗んで自分の畑に植えた。朝が来て、太陽は最愛の花を探したが、畑のどこにもみつからなかった。それでも太陽は夢中になって探した。夜になって、探していた花が隣りの庭にみつかったために、恐ろしい争いが始まった。とうとう太陽が花を引き抜いたとたん、種が空に舞い上がった。こうして星が生まれたのである。月は種を取りもどそうと雲の上にのぼったが、雲が溶けて月は空に取り残されてしまった。朝になると太陽は、自分の方を向く花〈ヒマワリ〉をもう1本畑に植えた。ヒマワリはどんどん大きくなり、しまいに伸びすぎて太陽が種を集めることができないほどになった。それで太陽は茎を登っていったが、花に届くところまで登り着いたとたん、茎が折れてしまった。それで太陽も空に取り残されることになった。そのとき種の半分は太陽の庭に、もう半分は月の庭に落ちたため、昼の花と夜の花が生まれたのである。

（レオ・レオーニ『平行植物』宮本淳訳、筑摩書房）

種は地に蒔けば花となり、空に撒けば星となる。肉眼ではとらえがたい存在であるツキノヒカリバナの種が部族の創生神話にあらわれた例として、一九三七年刊行の人類学書、ハロルド・ウィッテンズ『ウォムバサの空の下で』から引用された神話だ。出版社はリバプールにあるサイモンズ・アンド・サン社。それにしても、いい書名ではないか。本当に実在したなら、とんでもない傑作だと思う。

存在という名の軽い膜

夜あけ、目をあけたら、朝の光が剣となって鎧戸の隙き間から差し込んでいた。海水浴シーズンの到来である。わたしは起き出し、朝ごはんをすませると、お気に入りの浮き輪をふくらませた。

近所の土産屋で買った浮き輪は、全長約一六〇センチメートル、威風堂々としたパイナップルで、華麗なる冠芽がついている。冠芽は明るい黄緑色、果物の部分はコート・ダジュールの海の青さに負けない黄色だ。これをチュチュのつもりで腰に穿き、海の抱擁へと身を投じてのんびりくつろいでいると、しだいに自分がこの世界にただひとり残された人類になった気がしてくる。

海から上がったら、浮き輪の砂を洗い落とし、室内の飾り棚に立てかけておく。雨に煙るパリの街路を彷彿《ほうふつ》とさせる、灰みのある青紫色の飾り棚には、ミモザの季節のぶどう酒試飲会で手に入れた業務用のワイングラスや、古道具屋のかたすみで眠っていた気泡入りの、半透明のデミジョンボトルなんかが並んでいる。そんな飾り棚に寄りかかった浮き輪はつるぴかで、よその星から迷い込んだ宇宙人みたいで、わきを通るとき軽くお辞儀したり、輪っかをつかんで握手したり、生命体として遇するにふさわしい。浮き輪のいいところ。ファンシーとファンキーのくっついたアートの雰囲気。ちょっとルーズでハッピーな気分。水のうねりとたわむれながら均等に力を分散させるラウンドなフォルム。そして軽さ。とにかく軽い。

かつて「エアロスペース」を制作した工学者にしてデザイナーのカザール・カーンは「軽くなることは美しくなること」という名言を残したけれど、膜構造のパイオニアとして知られるフライ・オットーもまた軽さを核とする建築家だ。オットーが生涯いそしんだのは、最小限の材料かつ最小限の力で空間を包むことである。それまで建築という概念から排除されていたテントを取り入れたり、壁や屋根が光を通すようにしたりと、そのこだわりが見た目にあらわれた建築は当時とても斬新なものだった。

オットーが膜構造の第一人者となったのはぐうぜんではない。ドイツのジーグマールで生まれ、ベルリンで育った彼は、建築学を学び始めようという矢先に兵役に召集された。軍隊ではパイロットの訓練を受け、都市が破壊されてゆく悲惨な光景を目の当たりにして、建築の理念とされる永続性と堅牢性に対する疑問を抱くようになったという。その後訓練は中止されて歩兵となり、ニュルンベルク近くでフランス軍に捕まり、シャルトルの捕虜収容所での日々を過ごしたが、そのとき住居の不足と資源の切迫からテントによる家づくりの実験に携わったことが、彼の膜構造建築のはじまりである。

細胞の中には自ら分裂し、そして分化するものがある。その他の細胞はぴったりくっついたままで群細胞を形成し、さらに多細胞の個体を作ることもある。それはまた風船の中の泡に似て、原則的にもう1枚の皮膜で被覆される。多細胞の個体はやはり多細胞の構成要素から通常成り立っており、その1つ1つは1枚の被膜に包み込まれている。この構成要素を器官と呼ぶ。(中略)器官は器官の中に収まり、全体として共通の皮膜の中に収容される。こうした器官も構造的には細胞で充てんされた嚢と見なされる。

こうして、動植物界の複雑だが柔らかい個体は、結局、嚢の中の嚢と表現できる。その典型はミミズ、ナメクジ、いも虫、海草、花、キノコなどや、さらに胎生状態にあるヒトを含めた全動物である。そして、細胞の形や構造形態だけでなく、高度に複雑な個体もまたこの〈嚢の中の嚢〉のシステムによって形成されるのだ。

（フライ・オットー他『自然な構造体』岩村和夫訳、鹿島出版会）

ひとはおのれのもろさやはかなさを残念に思い、永遠の命や、不滅の価値にあこがれてきた。建築における永続性と堅牢性といった理念も、こうしたあこがれが底にあるに違いない。でもオットーは、そうではない理念を追い求めているうちに、生命の起源が膜構造にあることに気がついた。ヴィンフリート・ゲオルク・ゼーバルト『空襲と文学』に、ドイツに議論を巻き起こした「第二次世界大戦でドイツが被った空襲体験は戦後のドイツ文学によって表現されておらず、次世代にもなんら継承されていない」という一節があるけれど、少なくとも建築の分野では、空襲と破壊の意味を存在のあり方そのものにまでさかのぼって総括しようとしたオットーの仕事が存在する。

ここで肝心なのは、発見と実践との順序を間違えないことだ。オットーはこんなふうに言っている。膜構造の建築を手がけるにあたって、わたしは自然界の観察と理論から出発したのではない。強制収容所のテントもそうだが、まずは素材と向き合い、ひとつのアイデアを実践に落とし込むところまでつきつめ、その鍛え上げられた目と経験をもって自然界を振り返ったとき、ようやく自然界の姿が見えるようになったのだ、と。

そういえば、思考というのも、人間のもろさをかばうみたいに永続性や堅牢性を目指したがるところがある。でも思考の正体は制作でなく生成だ。ひとは考えようとして考えはじめるのではない。それは勝手にふわふわ浮かんでくるのである。もちろん意味の通る話をしなきゃいけないとなれば、そのふわふわをざっと見渡し、あたりをつけながら意味を刈り取って、しっかりした文章に仕上げることもあるだろう。けれども編集は思考のなかの小さな一機能にすぎず、それどころかときに、思考の一番重要な部分を平気で切り捨ててしまうことさえある鬼子だ。

思考を編集し、精製されたわずかな作物を抱えて、ふと足もとを見る。籾殻や糠がたっぷり落ちている。なにかがまちがっている。憤りを感じて、あたりをながめまわす。そこにはかつて言われたことも、書かれたこともない風景が、はるか向こうのほうまで広がっている。こそこそとざわめく言葉にならない声。もぞもぞとそよぐ文字にならない線。これらをどうすることもできないとしたら、言葉はあまりにも非力だ。軽い。ほとんど泡みたいに。

わたしには、それらを無視することができそうにない。それで非力な言葉と向き合い、構造の盲点をさぐり、捨象の裏をかき、わからなさをわからないままの状態で詩にからめとろうとする。言葉の軽さを盾にとり、論理の鎌から身をかわし、風に飛び乗る。舞い降りた土地でなにを実らせるのか、定かではないままに。

プリンキピア日和

いつだったか、知人のアランに誘われて、レモ・ジャッティ版画展のヴェルニサージュに行った。

会場は、街の中心から少しはずれた小さな画廊である。

作品をゆっくり鑑賞し、展覧会のカタログをめくりながら奥の空間に移ると、仕出し屋の料理がビュッフェスタイルで陳列され、フルートグラスにシャンパーニュが注がれていた。フルートグラス片手に、わたしは空間を見まわす。壁ぎわに黒光りした活版印刷機が一台。アンティークの木製キャビネットが数台。キャビネットの抽斗をあける。内側は格子で仕切られ、鉛の活字が整然と収納されていた。そこへ誘ってくれたアランが近づいてきて、

「この空間は、ふだんは活版印刷の工房として使用されているんだよ」

と言い、実際に印刷機をうごかして、版を刷ってみせてくれた。

「すごい。これって両面印刷できるの?」

「ふふ。できないよ」

「機械が左右に移動して、なんだか編み機みたいね」

「君の目のまえに飾ってあるのもこれで刷ったんだ」

「これは」

「ヴォルテールがニュートン『プリンキピア』について書いた本の頁。この本の挿画をレモがやってる」

ニュートンか。きっとすごい本なんだろう。そう思って、読んでみた。歴史資料館を見学する気分で。そしたら案の定、物理学のくだりはさっぱりわからなかったけれど、「かつてこういうひとが生きていて、こういう本を書いた」という事実を感じることが、わたしには愉しいのだった。

根が野次馬な自分は、本を体験的空間だと思っているふしがあり、わからない本とは物見遊山の感じでつきあっている。どこかに出かけて、その土地の名所や資料館などを訪れたときに、そこにあるものを端から端まで理解する人間なんていない。だいたいみんな、ぼんやりと風景に佇み、興味のある展示にだけ近づき、ちょろっと解説を読んで、よし体験したぞとすましている、そんなものじゃないだろうか。とはいえ、そのざっくりとした体感がのちの助けになる局面の多さを考えると、経験はどんなささやかなものでも馬鹿にできない。

『プリンキピア』の本論ではない部分について語ると、まずニュートンに捧げる詩《オード》が巻頭に載っているのが見どころ。作者はエドモンド・ハレー。彗星で有名な、あのハレーである。で、これが「神々の饗宴に招かれて天上の政治を探検してみろ」だの「地球の秘密を読み解いて不変の秩序を理解してみろ」だの、熱いリリックを繰り出して読者をそわそわさせる。これはきちんと読んでみたいと思い、あらためて日本語の本を注文した。ところが見当たらないのだ、ハレーの詩が。どうやら省かれているらしい。あともうひとつ非常に重要な発見として、ニュートン自身の書いた「一般的注釈」が哲学的探究だったことがある。

神は永遠にして無限、全能にして全知である。すなわち、永劫より永劫にわたって持続し、無窮より無窮にわたって遍在する。万物を統治し、ありとあらゆるもの、あるいはなされうるすべてのことがらを知っている。神は永遠や無限そのものではないが、永遠なもの、無限なものである。持続や空間が神ではなくて、神は持続し、かつ存在する。いつまでも変わらず、いたるところに存在し、かつ常住普遍の存在によって時間と空間とを構成する。空間のどの微小部分も常住であり、時間のどの不可分的瞬間も普遍であるから、万物の創造者にして主たるものが、けっして、またどこにも存在しないということがありえないことは確かである。（中略）万物は神の中に含まれ、かつ動かされているが、しかも他に対して何らの影響をも及ぼさない。神は物体の運動から何の損害をもこうむることはないし、物体は神の遍在から何らの抵抗をも受けない。

（アイザック・ニュートン『プリンシピア　自然哲学の数学的原理』中野猿人訳、講談社）

ここに書かれているのは神の素描だ。いつでもどこでも神は存在するとは、つまりニュートンに汎神論的傾向があったということで、それが個人的には一句詠みたくなるような発見だった。一句といっても別に創作というほどのことじゃない。風景をスケッチしたり、感想をノートしたりと、ちょっとしたメモがわりに句をひねるのは、芭蕉の『奥の細道』よりこのかた俳人の日常である。

そんなわけで読書体験の記念がわりに「一般的注解」の翻案連句をざっと書き、さらに自由詩の詩形で要約もしておいた。で、今日ひさしぶりにその要約を出してきて読んだのだけど、あっけにとられた。だって歌詞なんだもの。わからない。いったいなに考えてたんだか。でも笑えるし、なにより訳として正しかったので、先の引用に対応するくだりを僭越ながら草葉の陰のニュートンに捧げたい。

プリンキピア（抄）

延長は神のダンスフロア
持続は神のフローモーション
主はここにそしてどこにもいる
なんだって経験してる　そんなスタンス

変わらぬパワーで全域をカバー
スペース&タイムを超えてくフロウ
空間の隅にも、至高のプレゼンス
刹那の時さえ、不変のエレガンス

すべてを包み込み　踊らせるけれど
神は傷つかない　物体の運動に
物体も抗わない　神の偏在に
超アクション　超リラックス　それが至高のスタイル

軽やかな人生

鳥の巣っぽい、くしゃくしゃっとしたものって、なんであんなにいいんだろう。贈り物の箱につめる千切りの紙。ペーパークッションというのだろうか、ああいうのがたまらない。鳥の巣みたいな髪型も好きで、幼稚園のころはベートーヴェンのぐちゃぐちゃヘアに夢中だった。雛鳥になってあのなかに住みつきたい。ごろごろと転がって遊びたい。そんな夢を抱いていた。

髪の毛だけじゃない。雑然とした部屋にもわくわくする。これもまた巣愛好の一種なのかもしれない。一口に、雑然とした、といってもいろいろだ。泥棒が入ったあとの賑やかな雑然。家主を失くした寂しい雑然。胎内回帰願望の具現とおぼしき書斎の雑然。純粋にカオティックな仕事場。フランシス・ベーコンのアトリエの、あの、埃をかぶった画材が散乱したようす。高揚と失意との散華にも似て、見るたびにうっとりする。

そんな雑然へのあこがれも虚しく、現実のわたしは物のあふれた空間で暮らすのがどうにも苦手だ。出かけるときも、両手がものでふさがっていると息苦しく、手ぶらが一番だ、と思う。

独身だったころは、日常はおろか旅行に行くときも、いつも出発時は手ぶらだった。飛行機に乗るとなれば、上着のポケットにチケットと財布と家の鍵、そしてジーンズのポケットに小さく畳んだパンツを一枚だけつっこんで、そのままぬるっと搭乗してしまう。正直いえばパンツもいらない。行った先で買えばいいんだし。しかし万が一飛行機が墜落したときに、「ふうん。この女の子は替えの下着も持たずに旅行していたんだなあ」と他人様から思われるかもしれないのが苦痛で、とりあえずアリバイ的に所持していた次第である。疑義は唱えないでほしい。唱えてもらわずともおかしいのは承知している。ただ若き日の自分にとって「一枚のパンツをもつ」とは手軽な生活を日々構築、かつ実践しながらも、最低限の社会的仁義は守っていますよ、と世間に言い訳するための象徴的なアイテムだったのだ。

いまのわたしは小ぶりの鞄を持ち、見ようによっては片付き、見ようによっては散らかった、表面上なにごともないアパルトマンに暮らしている。この状態は、あくまで年の功によって実現した「なにごともなさ」であって、手がふさがることや、物があふれることに対する不安や混乱はいまも心の奥にある。もしもその不安や混乱をエレガントに解消するとしたら、自分を片付けてしまうよりほかない。

俳句を始めたころは、歳時記に死が組み込まれていることに驚いたものだった。季語には「時候」「天文」「地理」「生活」「行事」「動物」「植物」といった分類の下位に「忌日」の項があり、公《おおやけ》に名が残るひとなら誰の命日でも季語にしてよいルールになっている。太宰治の命日「桜桃忌」が仲夏の季語であり、近松門左衛門の命日「近松忌」が仲冬の季語であるように、「ベーコン忌」と書けば、それは晩春の季語として立派に通用する。なんだか反則じみたルールだけれど、この手のうさん臭さは悪くない。

他人の死ばかりではない。俳人は自分の死も辞世の句にする。いつどこで詠むのかというと、もう逝くとなったイマワのキワに、枕元の近親者に書き取ってもらうのが理想的だ。わたしだったら書き取るのは夫になる。が、ここで手前のような小市民は考えてしまうのだ、いまから伴侶を失くすという大変な状況にあるひとに、そんな面倒くさい用事を押しつけたくないと。だいたい夫が先に死ぬ可能性だってなくはない。となると理想は理想として、元気なうちに辞世の句を用意しておくのが現実的となるが、今日ぴんぴんしているからといって明日くたばっていないともかぎらず、だったら用意するタイミングはいつなの、いまでしょ、といった結論に至る。つまり辞世の句なる概念は日々の一句と変わらないってことだ。そういえば芭蕉も「今日の発句は明日の辞世」「一句として辞世ならざるはなし」と言ってたっけ。ここまでくると「なんにもしなくていいよ」というのと同じだ。辞世の句は、考え出したらかなり面倒な荷物だと思うから、そう言ってもらえると、ほっとする。

ひと魂でゆく気散じや夏の原

辞世の句ときいてまっさきに思い浮かぶのが葛飾北斎のこれ。「気散じ」は気晴らしのこと。全体としては「ひとだまになって、夏の原っぱへ、ぶらりと気晴らしに出かけよう」といった意味になる。クールで、かっこよくて、軽い。殊《こと》に「夏」と「ひと魂」の組み合わせがいい。もしこの「ひと魂」が春や秋と組み合わさっていたら雅趣が強すぎて権威に対する北斎の叛逆性が見えづらくなる。北斎のパブリック・イメージを鑑みるに、この「夏」はうごかない季語だ。

ところで文芸上の人格というのは、あくまで作者が理想とするひとつの価値の表出であり、現実の作者の感情と同じであるとはかぎらない。北斎も同様で、実際の彼には、この辞世句の雰囲気とは似ても似つかない強烈な我欲があった。飯島虚心『葛飾北斎伝』によれば、北斎は九十歳で死ぬまぎわに、天が俺にあと五年の寿命をくれたら真の絵描きになれるのに、と言ったらしい。松尾芭蕉の軽みが、辞世句にあらわな「旅に病んで夢は枯野をかけ廻る」といった妄執とつねに一対であるように、画狂人を名乗る北斎にとって、気晴らしは気鬱と一対なのである。左は『富嶽百景』の跋文《ばつぶん》を現代語に訳したもの。この執念よ。

自分は六歳から物の形を写生する癖があって、五〇歳（半百）のころから本格的に数々の作品を発表してきたが、七〇歳より前には取るに足るようなものはなかった。七三歳になって禽獣虫魚の骨格、草木の出生のいくらか悟り得た。

であるから（努力を続ければ）、八六歳になればますます進み、九〇歳でその奥義を極め、一〇〇歳になればまさに神妙の域になるのではないか。百何十歳になれば、一点一格が生きているようになることだろう。願わくば長寿をつかさどる聖人（神）、私のこの言葉が偽りでないことを見ていて下さい。

（永田生慈『葛飾北斎』吉川弘文館）

そういえば北斎は、生涯に九十三回も引っ越しをしている。なんでも絵を描くことのみに集中し、部屋が荒れるたびに引っ越したらしい。画号も三十回ほど改めたそうで、お金のためとかいわれているけれど、こういう軽量生活は単純にうらやましい。北斎にとっても、人生を軽くするシンプルな方法だったんじゃないかしら。

料理は発明である

　ベンガルから遊びにきた客人とご飯を食べていたら、客人が言った。

「フランス料理ってボトムが軽いよね」

　まったくもってその通りだと思う。ただし、人間が滋養を感じるものには文化を超えた共通点が少なくないし、フランス人がボトムの重さを理解しないわけでもない。スープひとつとっても、郷土料理においては北のコトリアードやビスク、南のブリードやブイヤーベースといったふうに、さながらグルタミン酸讃歌とでもいうべき舌にねばりつく濃厚な旨味が好まれてきたのだ。もちろんベンガル料理とくらべれば、たしかに昨今の軽さは驚異的に違いないが。

　また別の日は、別の来客とペルー料理のレストランに赴き、真鯛のセビチェをはじめ、あれやこれやを試した。セビチェは中南米の名物で、魚を野菜とレモン汁でマリネした料理。ただその店はヌーヴェル・キュイジーヌ風の仕立てだったからか、マリネの風味がセビチェ本来のそれとは少し違って、幾重にも重なる香草のヴェールのなかに息をひそめているかのように、まろやかな旨味が見え隠れしていた。虎の乳と称されるふわふわのマリネ液をスプーンですくって口にはこぶと、芳醇な花がふわんとひらき、数秒後にはしゅんとしぼむ。さまざまな味や香りがそんなふうに生まれては消え、生まれては消え、舌にのこらない。大きく切り分けられた真鯛はレモンによって爽やかに仕上げられ、見た目も可憐で、洗練された官能がそこにはあった。

おいしくいただいていると、客人が、

「フランスの調理って塩味が薄くないですか？　こういう生の魚をお醤油で食べたいって思わないのかな？」

と言った。わたしは心まかせに、こう答えた。

「醤油だと、味の輪郭がはっきりしすぎていて、セクシーさに欠けると思うのかもしれません。夢見心地よりも、理性が勝ってしまうというか。おそらくですけど、ヌーヴェル・キュイジーヌって、微妙な線や色をひとつまたひとつと重ねるように味と香りが連鎖してゆく、さながら調香師の魔法みたいなゆらめきをおいしさとして表現しているんだと思います」

言いながら、そうか、自分はそう考えているんだと知った。もちろんヌーヴェル・キュイジーヌの一般的定義は考慮の外だし、おいしさの概念を一元化する気もさらさらない。そのとき食べた皿がちょうどそんな感じだったから、思いついたことをそのまま口にしたまでだ。

とはいえ、これは音楽や絵画や文学などにも当てはまりそうに思う。フランスらしいと言われるものってどことなくボトムが軽い。浮き腰で、足元が、なんかふわふわしている。わたしはこれを作品の内部に芸術や崇高さへの見はてぬ夢、すなわち「あこがれ成分」が混入しているせいだと仮定したい。あこがれゆえの、ふわふわ。人間が仰ぎ見たときの芸術とは雲のように遠く、どこまでもつかみがたい。浮遊感は決して不用な混ぜ物じゃないのだ。

料理の話に戻って、よその国で暮らしていると、ヌーヴェル・キュイジーヌとはいかないまでも料理が発明的になるのは自然の理、我が家にも珍奇なレシピがいくつもある。左はザワークラウトをどう使うかについてのメモより三品。

1. ソフトスモークのサーモンやにしんの薄切りと和えて、なれずし風に。
2. 韓国風鍋の具材（豚のリエットがあれば、なお良し）。
3. 高菜の代用物として炒め物に（酸味が抜けないよう浅く炒める）。

ザワークラウトはバケツで買うから、食べきるまえに飽きてくる。それで適当な調理法はないかと考えていたところへ、どちらも乳酸発酵だし、ねずの実の香りに趣があるし、即席なれずし風の前菜がつくれるじゃん、とひらめいた。切った魚にはレモンをしぼる。カイエンペッパーを混ぜてもいいし、五月になると、マダガスカル産の野生の胡椒が出まわるので、実のまま散らしたりもする。客が来たときに感動されることうけあいだ。ベーコンと一緒に鍋に放り込んでぐつぐつ煮込んでる場合じゃないんである。グアドループ出身の作家マリーズ・コンデがかく語るごとく、料理は豊かな可能性の世界なのだから。

わたしは料理を作るとき、よく果物のコンフィを使ってきた。特に魚料理に使うときは、自分でもタブーに触れ、人をぎょっとさせ、過ちを犯しているような気がしていた。だがこの晩、ほかにも同じことをする人々がいるのだとわかった。（中略）わたしは口のなかで溶けるこの豊かな味わいに夢中になり、二杯目をお代わりした。

「この伝統はいつ頃からあるの？」とわたしは尋ねた。

「おそらく中世、いやもう少しあとかな。マグレブ南部には砂糖黍の農園を灌漑した水路の遺跡が残っていて、十七世紀頃にさかのぼるはず。タジンにはあらゆる種類があるの。棗椰子、アーティチョークの芽、青豆、干しスモモ、ゴマ、鰯、これは祖母の十八番。でもわたしがもっと好きなのはこれ、干し杏とアーモンドのタジン」

翌々日わたしは空路についた。ジネブがくれた二組のタジン鍋で荷物が重くなったけれど、心は軽やかで満たされていた。わたしは宝物を見つけた気がした。誰かの奇抜な個性だったものが、別の人間の味覚に加わる。わたしはタジンを発明した、そう言ってもいいはずだ。いくらでもバリエーションをつけられ、自分の好きな肉や魚で作ることもできる。豊かな可能性の世界を手に入れたのである。

（マリーズ・コンデ『料理と人生』大辻都訳、左右社）

御意。わたしも、日々新しい料理を発明しながら生きていく。

さいきんはお好み焼きにつらなる新しい料理を仕上げた。強力粉八、そば粉二を水でとき、卵を割って、縦長くスライスしたズッキーニを具にした生地を、クレタ島のオリーブオイルで焼く。蛋白質は燻製の豆腐を豚こま風にそぎ切りにし、やはりオリーブオイルで焼き色をつけたものを入れる。青のりの代用品は乾燥バジルだ。こう書いてみると、はたしてそれをお好み焼きにつらねる必要があるのかという疑問が湧くが、まあいい、とにかくこの料理をうちの夫は「餃子そっくり」と言ってマヨ醤油とおろしニンニクで食べる。もちろんわたしは餃子とは似て非なるものだと思っている。だって発明なのだから。

クラゲの廃墟

ある夏の朝、いつものように浜辺を散歩していたら、地元のお年寄りたちが靴をはいたまま海でおよいでいた。

遠目だと妙に魅力ありげなサンダルである。メッシュの踵《かかと》つきで、革ではなく半透明のビニール製リボンで全体が編み上げられている。なんだか惹かれるものがあったので帰宅してから調べたところ、プラスチック・オーヴェルニュという会社が一九四六年に世に送り出したクラゲサンダルと呼ばれるフランスの定番商品だとわかった。どうりでクラゲ好きのわたしの胸に刺さったわけだ。

クラゲの筆舌につくしがたい浮遊感に惹かれるひとは多いだろう。あの半透明のエロス。やわらかな肉は、わけても光を透かしているとき、生死の玄門を漂う白蓮の花びらのように神がかる。傘をひらいたりとじたりしながら水中を踊る姿は、タイムカプセルならぬタイムレスカプレルを彷彿とさせる。そう、時空の観念を逸脱した壮麗にして空虚な佇まいが、クラゲにはあるのだ。

そんなわけで、わたしはクラゲサンダルを手に入れ、さっそく海辺を歩きまわることにした。すると砂場や岩場はさることながら海中に立つのがらくちんで、行動範囲がぐっと広がった。海から戻ったあとはベランダに干して、ぶるぶるしたゼラチン質の肉感を室内からながめて楽しむ。いいことずくめである。

その日以来、わたしはクラゲサンダルの魔法を盾に、水中のクラゲとしてふるまうことに熱中した。しかしながら夏はいつまでも続かない。そのうちに暑さに翳りが見えはじめ、波の質がゆっくりと変わってきた。そしてついに先日は、嵐明けでもないのに岸がごっそり削りとられ、浜辺の小石も消え去って砂地になっていた。離岸流が起こったようだ。海面はおおむね穏やかながらも、波がつなみのように底からうごいているためにうねりが目に見えにくいだけなのは、渚の幅から明らかだった。

ああ。気をつけないと。そう思った三日後いきなり溺れた。たまたま近くに監視員がいたおかげですみやかに救助されたものの、夜ベッドに入っても不安と動悸がおさまらず、あくる日の朝めざめたら、とうに完治していたはずのチンクイに刺された痕が復活して、身体のあちこちがミミズ腫れになっていた。溺れると、ひとはこんなにも抵抗力が落ちるのか。

だがミミズ腫れに軟膏を塗って、その日の夕方もわたしは海に向かった。そうしないと水が怖くて一生およげなくなるのではと不安だったのだ。幸いわたしの脳は、前日の事故の重さをはっきりと汲みとるには至っておらず、溺死の恐怖は半ば夢の状態にあり、生まれてまもない心の傷は固まりかけのゼリーみたいにふにゃふにゃしていた。この柔らかな傷が乾ききって黒ずむ痣と化すまえに、もういちど海に抱かれてしまわねば。

わたしはクラゲサンダルをはき、プールヌードルをしっかりと腰に巻いて、腰までしか水嵩のない浅瀬におのれを放った。空には光の縞があり、海には波の皺がある。触手のように手足をのばし、その体勢でしばらく空を見ていると、水に浮くということのほとんど笑いに酷似した快感がだんだんとよみがえってきた。きのう死にかけたにもかかわらず、わたしは海に恋したままだった。浅瀬はとろりとした碧瑠璃の玉《ぎょく》のようで、沖は艶のある水縹《みはなだ》に縁どられ、風はひたすら騒がしく、潮はいつになく熱く辛かった——と思ったら、それはわたしの涙だった。わたしは本当は自分がクラゲじゃないことが悲しくてやりきれなかったのだ。そのせいで恋する海に相手にされず、けんもほろろに痛めつけられ、もみしだかれてふんだりけったり。わたしって人間なんだなあ。わりと。いや、ぜんぶか。わたしは額にひっかけてあった水中眼鏡を下ろし、浅瀬にもぐった。そして泣きながらおよいだ。水の抵抗が腕や脚にからんでくるたびに、わたしはますます泣いた。しかし泣いているうちに、しだいに悲しみは薄らぎ、水平線にうかぶ蜃気楼の島々が夕日に染まるころには、すっかり元気になっていた。

夜、また浜辺へ出た。ビーチバレーのコートわきに放置された黄色いショベルカーのクローラーに腰掛け、オブラートで包まれたゼリーをかじり、水筒のふたをひねって熱いルイボスティーを飲んだ。うっすらと青みを帯びた月は、色と光のあわいをうつろっている。沖に散らばる月の光をながめていたら、

我恋はうみの月をぞ待ちわたるくらげのほねにあふ夜ありやと　源仲正

という和歌が思い浮かんだ。鎌倉時代後期に成立した私撰和歌集『夫木和歌抄《ふぼくわかしょう》』にある一首だ。わたしの恋は海にたゆたう月を待ち続けるようなもの。海月《くらげ》が骨と逢ってひとつに結ばれる世界など存在しないと知りながら――そういう意味の歌。わかるようで、まあわかりにくい。わかるのは、ひとは多かれ少なかれ、しがみついてもふりほどかれ、追いかけても遠くへ逃げてしまうようなけったいなものが、好きだってことくらい。愛してる。日々に押しやられたり、押し戻されたりして、うんと困り果てながらも。

われわれは確実に知ることも、全然無知であることもできないのである。われわれは、広漠たる中間に漕《こ》ぎいでているのであって、常に定めなく漂い、一方の端から他方の端へと押しやられている。われわれが、どの極限に自分をつないで安定させようとしても、それは揺らめいて、われわれを離れてしまう。そしてもし、われわれがそれ追って行けば、われわれの把握《はあく》からのがれ、われわれから滑《すべ》りだし、永遠の遁走でもって逃げ去ってしまう。何ものもわれわれのためにとどまってはくれない。それはわれわれにとって自然な状態であるが、しかもわれわれの性向に最も反するものである。われわれはしっかりした足場と、無限に高くそびえ立つ塔を築くための究極の不動な基盤を見いだしたいとの願いに燃えている。ところが、われわれの基礎全体がきしみだし、大地は奈《な》落《らく》の底まで裂けるのである。

（ブレーズ・パスカル『パンセI』前田陽一・由木康訳、中央公論新社）

わたしはルイボスティーの水筒のふたをしめた。海にうつる月は崩れ、光の残骸と化しながらも、なおその存在を遠い沖に持ちこたえていた。こうしてながめているとクラゲは廃墟にも似ている。わたしにとって廃墟とはこの世界の素顔であり、漂うものたちが忘れていった、さまざまな夢の頁だった。

人間の終わる日

夏の帰国中、知人のモトキさんと落ち合って、休息のために立ち寄った、清澄白河にあるブルーボトルコーヒー。アイスコーヒーとカフェラテが運ばれ、てのひらを水滴まみれにして飲んでいたら、どんどん元気になってきた。

ブルーボトルコーヒーをあとにして大横川へ出る。モトキさんは、いったいどこに売っているのか謎のレインボー柄のシャツを着て、にこにこ笑っている。鬱蒼たる葉桜をくぐりながら、草がくれに人跡の残る運河沿いの小径を進み、石島橋を渡り、黒船橋を渡り、越中島橋を渡る。アスファルトの道路とは違う、心地よい風が吹き抜ける。そして誰ともすれ違わない。なんだかひとんちの庭みたいだ。

あまり黙り込んでいるのもどうかと思ったので、わたしは口をひらいた。

「そういえばね」

モトキさんは待ってましたといった表情でこちらを向いた。

「ひとには誰しも、自分が道で野垂れ死ぬんじゃないかって不安があるでしょう？　わたしもそうなんですけど、あるとき野垂れ死にの恐怖はシンプルに孤独や不幸の問題であって、路上とは無関係だってことに気づいたの」

「ほう」

「つまりわたし、北国生まれのせいで、路上を屋内よりも悪いものだとずっと誤解してたんです。いまは地中海に住んで、地球の穏やかな面を知って、死ぬときは風の吹く土の上がいいなって思う。でね、そう思えるようになってから、国もどうでもよくなった。かつてはどの国で死ぬのがいいのか考えたりもしたけど、いまは地球の上だったら、どこで死んでもいいいな」

そう言うと、わたしは欄干に手をかけて運河を覗きこんだ。モトキさんも立ち止まり、リュックからチョコレートを出してかじった。こんな奇妙なことを喋っているのは、モトキさんが病み上がりだからだ。余命三ヶ月の宣告。そこから奇跡の復活を遂げた。夏の太陽の下を歩きたいというから、一緒に歩くことにした。歩いていると、いきなり理想の死に方について質問された。それで思わず黙り込んでしまったのである。

午前の刻は静かに流れる。川面が縮緬のスカーフみたいにそよいでいる。遠くの空に、白鳥が落としていった羽毛みたいな雲がひとつ、ほわん、と頼りなげに浮いている。向こう岸の桜並木は、鬱蒼とした葉と葉のあいだから、メジロの鳴き声を響かせる。ときおり、風船みたいに膨らんだ強い風が吹きつけてメジロたちを黙らせるが、しばらくすると彼らはまた歌いはじめる。ふいに、さっき飲んだアイスコーヒーの苦味を思い出す。モトキさんはチョコレートの包み紙を丸めながら、言った。

「奇遇だなあ。実は僕も外で死にたいんだ」

「そうなの?」

「うん。僕にとって一番幸福な死に方は、多摩川沿いを自転車で走っている最中に心臓麻痺でころっと逝くことでね」

「へえ。いいですね」

「でしょう?」

モトキさんとまた会う約束をして別れ、滞在先にしている飯田橋のマンションに戻ると、夫が夕食の支度をしていた。わたしも箸をとり、料理を盛りつけ、ごはんをよそった。モトキさん元気そうだったよ、と昼間あったことを夫に話していたら、だんだんと自分が地球に対して抱いている感情を口にしたくなってきた。

「あのさ、もしも地球が滅亡する運命になって、ここに残るか違う星に行くのか選ばないといけなくなったらどうする？　違う星に行くっていっても、そこが安全かまだわからない段階なの」

「いきなりなんなのさ」

「わたしね、そうなったら地球に残るってのもありうるなと一瞬思ったの。で、そんな自分が怖くなってしまって。これぞ煩悩だなって」

「僕はね、もしもどこかの星にたどりつく希望がわずかでもあるなら、あなたを連れて違う星に旅立つと思うよ」

箸をとめることも、考え込むこともなく、さらりと夫は言った。

「うん。そうだよね」とわたし。

「そうさ」と夫。

わたしたちはおなかをいっぱいにして、風呂に入って、歯を磨いて、布団をかぶった。眠りに落ちるまえ、ちょっと考えた。わたしには地球に優しくされた記憶がある。その記憶さえあれば、どこで死んだってかまわない。この星はわたしの地元なのだから。ただひとつだけ気になるのは、もしも地球から旅立ち、根無し草となって宇宙空間を漂うようなことになった場合のこと。そのときわたしは、自分のことをはたして人間と呼ぶのだろうか。人間という概念にこめられた矜持は、いったい宇宙でなんの意味をなすのだろうか。

人間は、われわれの思考の考古学によってその日付けの新しさが容易に示されるような発明にすぎぬ。そしておそらくその終焉は間近いのだ。もしもこうした配置が、あらわれた以上消えつつあるものだとすれば、われわれがせめてその可能性くらいは予感できるにしても、さしあたってなおその形態も約束も認識していない何らかの出来事によって、それが十八世紀の曲がり角で古典主義的思考の地盤がそうなったようにくつがえされるとすれば――そのときこそ賭けてもいい、人間は波打ちぎわの砂の表情のように消滅するであろうと。

（ミシェル・フーコー『言葉と物　人文科学の考古学』渡辺一民・佐々木明訳、新潮社）

わたしが「人間」の終焉に立ち会うかどうかはわからない。ただ、宇宙船に乗るのは冗談としても、わたしたちの存在が、かつてと違う意味をまとう日はそう遠くないような気がする。

目指す場所はないけれど、残りの日々があるかぎり、風にまかせて進む。この残りの日々をどう過ごすのかは気分次第だ。舟の舳先《へさき》で星を見ても、ささやくように歌っても、ぐっすり眠ってもいい。夢を見ながら微笑んでも、涙が出てもかまわない。暗く長い夜を過ごすこともあれば、思い出の輝きのなかで夜明けを迎えることもあるだろう。

本当に長い時間

なんだろう、今朝の浜辺は空が高かった。夜分に雨が降ったせいだろうか、地球の引力が変わったみたいだ。空気中の塵が洗われ、ぴーんとひっぱったような青い空を、潮風に乗ってすべりながら、カモメたちが真っ白く笑っていく。

自分がどのように本を読んできたのかを、このところずっと考えていた。それであらためて思い出したのは、読書がページをめくっている時間だけをいうわけじゃないこと。病弱だった幼いころはもとより、いまでも自分は近所を歩きながら、読み終わった本を思い返していることがよくあって、そんなときこそ「いま読んでいる」といった実感がある。そもそも自分は、本を手にしても初手から全体を理解しようとしないし、しようとしたところでできない、文脈の整理はあとまわしにして、まずは言葉の響きや新しい発見を楽しむくらいのものだ。そんなだから、散歩がてらに思い返すときのほうが読書の実感がたぶん強くなるのだけれど、この歩きながら読むという感覚が一種独特である。起きてるんだか寝てるんだか。しゃっきりしているわけでも、まどろんでいるわけでもない時間がどこまでも続く。現実と非現実の境目がにごって、風景と思考とがマッシュアップして新しい時空が紡がれ、なんだかまるで彷徨える無法者になってしまったかのような、えもいわれぬ野性味がみなぎってくるのだ。

歩くこと。それはここ以外のどこかへ行くことだ。読むことも、きっとそうなのだろう。そして書くことも。書くことと読むことは鏡のような関係で、実は切り離せない。作者は自分の文章を書きつつ読み、読みつつ書くをくりかえして一冊の本をつくるし、読者は読者で読みつつ感想を紡ぎ、紡ぎつつ読むをくりかえす。こんなふうに書くことと読むことが同時に起こって、たがいに影響を及ぼしあうような対話の空間を、わたしは本と呼んでいるのだと思う。

読書の仕方には音楽を聴くときほどの自由はなく、ひとりでじっとしていることを強いられる。映画のようなイメージもついていないからすべてを一から想像しなくてはならない。それが子どものころはなんの苦労もなくできた。なにも知らないことで、自分をいろんなものに変えることができた。そのころのわたしは「無知でもって自己を変容させて、世界になりきる私」だったのだ。それが大きくなるにつれて、だんだんと「知識によって自己を拡張して、世界と肩をならべる私」に成り下がり、本との関係が対話にならなくなった。いつも本のなかの声よりわたしの声のほうが大きいような気がする。自分の問いにかまけるあまり相手の問いを軽んじているような気がする。それはわたしの考える素敵な読書ではなかった。でもそう思っても、どうすることもできない。たぶん生きることに疲れていたのだと思う。このまま中途半端に本とかかわりながら軌道修正するのは無理だ。そう悟ったわたしは本を読むことをやめた。

で、それからどうしたのかというと、ずっと風の音を聴いていた。

そしたら、なんか、世界が静かに変わっていった。出会う先々の風が、読書のことをいろいろと教えてくれたりして。読むときは考えるのではなく、貝に耳をあてるみたいにしなさいとか。読書の真価は実際に本を読んでいる時間よりも、むしろ読み終えてそれについて考えている長い時間のほうにあるんだよとか。その長い時間というのは、ひとがその本のことをすっかり忘れてしまうくらいの本当に長い時間なんだよとか。わたしは頭のなかにかろうじて残っていた本とふたたび向かい合った。そして耳をあて、よみがえる言葉を口ずさんだ。言葉が遠ざかり、なにも聞こえなくなったら、頭のなかに違う本をひらいて、また耳をあてて口ずさむ。そんなふうに、記憶と忘却をくりかえし往来し、そのリズムをわたしは人生の心音のように感じた。そのうち頭のなかの本は入り交じって一冊になった。数々の本で出会ったさまざまな感情も渾然一体となり、渦を巻いて、言葉ではつかみがたい潮騒の音を奏でていた。わたしは言葉ではない言葉とずっと一緒に過ごすようになった。幼いころのように。

浜辺は日の光におおわれ、サングラスをかけていてもまぶしい。貝殻を拾った。小さな巻貝だ。手のひらにのせて太陽にかざす。すると巻貝の口から白いものが出てきた。びっくりして手を離すと、巻貝は波打ちぎわに落ちた。そのそばに破けた風船のようなクラゲがいた。クラゲは泡のドレスをまとい、満ち引きにもみしだかれ、斜めに伸びたり、直立したり、横になったりしていたが、中くらいの波に誘われて海の向こうへと引き返していった。

それにしても見渡すかぎりの青だ。空が、海が、腹の底から笑っている。

あらゆる言語において生命をもたないものについての表現の大部分は人間の

身体とその各部分、また人間の感覚と人間の情念からの転移でもって作られているということは、考察に値する。たとえば、〈頭〉は頂上や始まりを、〈額〉と〈背中〉は前と後を指している。また、ねじの〈目〉とか、家々に灯る明かりのことを〈瞳〉とか。〈口〉は開いたもの、〈唇〉は瓶などの縁を指している。鋤や熊手や鋸や櫛の〈歯〉。〈髭〉は根のこと。海の〈舌〉〔入江〕。川や山の〈喉〉とか〈喉頭部〉。大地の〈頸〉〔峠のこと〕。川の〈腕〉〔支流〕。〈手〉は小さな数、海の〈胸〉は湾、〈脇腹〉や〈横腹〉は片隅を指している。（中略）〈肉〉は果実の種。水や石や鉱石の〈脈〉。葡萄の〈血〉は葡萄酒のこと。大地の〈腹〉。空や海が〈笑う〉とか、風が〈唸る〉とか、波が〈囁く〉とか、物体が大きな重みで〈呻く〉とか。

（ジャンバッティスタ・ヴィーコ『新しい学 2』上村忠男訳、法政大学出版局）

人間は世界をこんなにも自分の尺度で見つめてきた。それが人間流の愛し方なのだろう。世界の側はいつも、無関心という名の愛を人間にあたえてくれていたというのに。

もう一度、あたりを見まわす。海は、空は、笑っていなかった。笑っているのはこのわたしだ。しかもたえまなく。世界になりきるのでも、世界と肩をならべるのでもない。人間と世界とは、ただそれぞれに存在する。もちろん人間と人間も。

クラゲが去ったので、わたしはまた歩き出した。カフェの看板が目に入る。へただけど、ポセイドンっぽい。わたしは世界中にいる海の神を思い出しつつ歩く。ギリシアのポセイドン。その息子トリトン。ローマのネプトゥヌス。ポリネシアのタンガロア。ハワイのカナロア。マオリのキワ。それからコンゴの、ええと、なんだっけ。日本には底筒男命《そこつつのおのみこと》、中筒男命《なかつつのおのみこと》、表筒男命《うわつつのおのみこと》という航海をつかさどる水の神がいる。彼らがどうして三柱なのかは知らない。ただニースに来たばかりのころ、この浜辺で夫とふたり、夕暮れの海をながめていたら、ふいに夫が、

「海流ってね、海底、海中、海面、それぞれ違う物理法則で動いてるんだよ」

と教えてくれて、それ以来、この言葉をわたしだけの正解にしている。

梨と桃の形をした日曜日のあとがき

このあいだの日曜日、梨の堕天使とこっそり落ち合って、オンフルールの広々とした砂浜できゃっきゃっと追いかけっこしていたら、木組みの家が建ち並ぶ旧市街のほうからエリック・サティがものすごいスピードで走ってきて、ぜいぜい息を切らしながら、

「ねえ僕の傘知らない？　ほら、パリのクリニャンクールの蚤の市で掘り出した、オレンジ色のやつだよ」とたずねてきた。

わたしが、知らないよ、と言うと、サティは梨の堕天使のつばさをひっぱって、

「おまえは知ってるだろ？　僕の同居人なんだから」とつめよる。

「知りません」

「なんでだよ」

「あ。もしかしてあれ？」

「え。どれ？」

わたしは近くの砂浜を指差した。そこには、オレンジ色の傘の中棒を思いっきり高くかかげ、海老一染之助・染太郎とみまがうばかりのみごとな体捌《たいさば》きで、傘の羽をくるくると回している小さな桃の兄弟が、いた。それを見たサティは、

「ふむ。たしか染之助・染太郎はオレンジ色の紋付を着ていただけで、オレンジ色の傘を回していたのではなかったはずだが……」と独りごち、

「まあ、しかし、たしかにあの傘を見ると無性におめでたい気分がこみあげて、羽をくるくる回したくなるのはわかる」と、ものうげに海へと視線を投げた。

追いかけっこの気分をそがれたわたしは、サティと並んで海を向いた。梨の堕天使は小さな桃の兄弟に駆け寄り、つばさを折り畳んでなにやら話し込んでいる。

「ねえエリック。さいきんなんかいい曲あった？」

海を向いたまま、わたしは言った。するとサティは、

「そうだねえ。大滝詠一の『探偵物語』がよかったよ。ことに『まだ早い夏の陽が／あとずさるわ』ってとこが最高だね。時の波を躱《かわ》そうとして身をひねり、ひねった体もろとも時に運び去られてゆく。そうして夏の砂浜にはなにものこらない、その痕跡さえも──こうした真実を節まわしだけで感じさせるんだ」

「すごい。あとで聴いてみよう」

「きみはなにかある？　さいきん気に入ってる歌」

「あるよ。こんなの」


さざなみは月と地球のささやきと思へばたどたどしくて愛しき

わたしがろうろうと歌いあげると、サティはかなりお気に召したとみえ、

「たどたどしくて、という観察がいいね。僕好みだ」

と、山高帽をちょこっと持ち上げて、笑った。

聖レオナール教会の鐘楼の声が風にのって流れてきた。もう正午らしい。

「その辺で、そば粉のクレープでも食べよっか」

「いいね。僕がシードルを奢るよ」

三月の陽は淡い。梨の堕天使はふわふわ空をたゆたいながら、オレンジ色の傘の羽の上に小さな桃の兄弟をのせて、目にもとまらぬ早技でくるくると回している。桃の兄弟の笑い声が光のしずくとなって四方八方の宙にふりそそぐ。そして寄せ返す波を見つめるわたしたちの頬を、存在が消え去る日を忘れさせるかのように、きらきらと濡らすのだった。

巻頭詩……小津夜景「ロゴスと巻貝」『現代詩手帖』思潮社、二〇二一年十月号

読書というもの……ヘルマン・ヘッセ『ヘッセの読書術』（草思社文庫）、岡田朝雄訳、草思社、二〇一三年

それは音楽から始まった……岸田衿子「忘れた秋 I」『だれもいそがない村』教育出版センター、一九八五年

握りしめたてのひらには……白川静『漢字の世界1』（東洋文庫）、平凡社、一九七六年

あなたまかせ選書術……小津夜景『フラワーズ・カンフー』ふらんす堂、二〇一六年

風が吹けば、ひとたまりもない……アイザック・ディネーセン『アフリカの日々』横山貞子訳、晶文社、一九八一年

ラプソディ・イン・ユメハカレノチ……小松左京「一生に一度の月」『小松左京短編集 大森望セレクション』（角川文庫）、KADOKAWA、二〇一六年
ソムトウ・スチャリトクル『スターシップと俳句』（ハヤカワ文庫SF）、冬川亘訳、早川書房、一九八四年

速読の風景……青山南『眺めたり触ったり』早川書房、一九九七年

図書館を始める……楳図かずお『漂流教室』（小学館文庫）、小学館、一九九八年

毒キノコをめぐる研究……白土三平『野外手帳』（小学館ライブラリー）、小学館、一九九三年

事典の歩き方……生頼範義『生頼範義イラストレーション』徳間書店、一九八〇年

『智恵子抄』の影と光……高村光太郎『智恵子抄』青空文庫、二〇〇六年

奇人たちの解放区……川原泉「架空の森」『美貌の果実』（白泉社文庫）、白泉社、一九九五年

音響計測者《フォノメトログラフィスト》の午後……エリック・サティ『卵のように軽やかに サティによるサティ』（ちくま学芸文庫）、
秋山邦晴・岩佐鉄男編訳、筑摩書房、二〇一四年

再読主義そして遅読派……保坂和志『あさつゆ通信』（中公文庫）、中央公論新社、二〇一七年

名文暮らし……石田幹之助『長安の春』（講談社学術文庫）、講談社、一九七九年
高遠弘美編『欧米の隅々 市河晴子紀行文集』素粒社、二〇二二年
河口慧海『チベット旅行記』青空文庫、二〇一一年

接続詞の効用……夏目漱石『坊ちゃん』青空文庫、一九九九年

恋とつるばら……大島弓子「つるばらつるばら」『つるばらつるばら』（白泉社文庫）、白泉社、一九九九年

戦争と平和がもたらすもの……新渡戸稲造『武士道』（岩波文庫）、矢内原忠雄訳、岩波書店、一九三八年

アスタルテ書房の本棚……森茉莉『贅沢貧乏』（新潮文庫）、新潮社、二〇〇一年

ブラジルから来た遺骨拾い……藤井乙男編「をみなえし」『蜀山家集』（歌謡俳書選集十）、文献書院、一九二七年
見田宗介『まなざしの地獄　尽きなく生きることの社会学』河出書房新社、二〇一七年
残り香としての女たち……ヴァージニア・ウルフ『灯台へ』（岩波文庫）、御輿哲也訳、岩波書店、二〇〇四年
文字の生態系……イヴァン・イリイチ『テクストのぶどう畑で』岡部佳世訳、法政大学出版局、一九九五年
明るい未来が待っている……京極夏彦『姑獲鳥の夏』（講談社文庫）、講談社、一九九八年
自伝的虚構という手法……エドゥアルド・ハルフォン「彼方の」『ポーランドのボクサー』松本健二訳、白水社、二〇一六年
ゆったりのための獣道……殿山泰司『ＪＡＭＪＡＭ日記』（ちくま文庫）、筑摩書房、一九九六年
翻訳と意識……大庭柯公『其日の話』春陽堂、一九一八年
空気愛好家の生活と意見……パウル・シェーアバルト『小遊星物語』（平凡社ライブラリー）、種村季弘訳、平凡社、一九九五年
わたしの日本語……高山れおな『俳諧曾我』書肆絵と本、二〇一二年
アラン・マバンク『アフリカ文学講義　植民地文学から世界-文学へ』中村隆之・福島亮訳、みすず書房、二〇二二年
ブルバキ派の衣装哲学……A・グロタンディーク『数学者の孤独な冒険　収穫と蒔いた種と』辻雄一訳、現代数学社、一九八九年
わたしは驢馬に乗って句集をうりにゆきたい……鴨居羊子『私は驢馬に乗って下着をうりにゆきたい』ほるぷ出版、一九八三年
そういえばの糸口……ルイ・アラゴン『冒頭の一句または小説の誕生』渡辺広士訳、新潮社、一九七五年
月が地上にいたころ……レオ・レオーニ『平行植物』（ちくま文庫）、宮本淳訳、筑摩書房、一九九八年
存在という名の軽い膜……フライ・オットー他『自然な構造体』岩村和夫訳、鹿島出版会、一九八六年
プリンキピア日和……アイザック・ニュートン『プリンシピア　自然哲学の数学的原理』中野猿人訳、講談社、二〇一九年
軽やかな人生……永田生慈『葛飾北斎』吉川弘文館、二〇〇〇年
料理は発明である……マリーズ・コンデ『料理と人生』大辻都訳、左右社、二〇二三年
クラゲの廃墟……ブレーズ・パスカル『パンセⅠ』（中公クラシックス）、前田陽一・由木康訳、中央公論新社、二〇〇一年
山田清市・小鹿野茂次『夫木和歌抄〈本文篇〉-作者分類』風間書院、一九六七年
人間の終わる日……ミシェル・フーコー『言葉と物　人文科学の考古学』渡辺一民・佐々木明訳、新潮社、二〇二〇年
本当に長い時間……ジャンバッティスタ・ヴィーコ『新しい学２』上村忠男訳、法政大学出版局、二〇〇八年
梨と桃の形をした日曜日のあとがき……鶴田英之「冬の海」『フロンティア』第４１号、ＳＦ短歌会、一九九三年　＊引用歌に関して

小津夜景（おづやけい）

1973（昭和48）年、北海道生まれ。2000（平成12）年よりフランス在住。'13年「出アバラヤ記」で攝津幸彦記念賞準賞、'17年句集『フラワーズ・カンフー』で田中裕明賞を受賞。その他、句集『花と夜盗』、エッセイ集に『いつかたこぶねになる日』、『カモメの日の読書　漢詩と暮らす』、ヴィオラ・ダ・ガンバ奏者須藤岳史との共著『なしのたわむれ　古典と古楽をめぐる手紙』などがある。

ロゴスと巻貝

2023年12月27日　初版第1刷発行
2024年 8 月 4 日　初版第2刷発行

著　　者　小津夜景
発 行 人　前田哲次
編 集 人　谷口博文
アノニマ・スタジオ
〒111-0051　東京都台東区蔵前 2-14-14 2F
TEL.03-6699-1064　FAX.03-6699-1070
発　　行　KTC中央出版
〒111-0051　東京都台東区蔵前 2-14-14 2F
印刷・製本　シナノ書籍印刷株式会社

ISBN978-4-87758-855-7　C0095　¥1800E

アノニマ・スタジオは、
風や光のささやきに耳をすまし、
暮らしの中の小さな発見を大切にひろい集め、
日々ささやかなよろこびを見つける人と一緒に
本を作ってゆくスタジオです。
遠くに住む友人から届いた手紙のように、
何度も手にとって読みかえしたくなる本、
その本があるだけで、
自分の部屋があたたかく輝いて思えるような本を。